Andrea Brown

Sex oder Liebe?

Roman

Deutscher Taschenbuch Verlag

Originalausgabe
Dezember 2004
Deutscher Taschenbuch Verlag GmbH & Co. KG,
München
www.dtv.de
Umschlagkonzept: Balk & Brumshagen
Umschlaggestaltung: Stephanie Weischer unter Verwendung
einer Fotografie von © Zefa/imagesource
Satz: Fotosatz Reinhard Amann, Aichstetten
Gesetzt aus der Sabon 10,75/13·
Druck und Bindung: Kösel, Krugzell
Gedruckt auf säurefreiem, chlorfrei gebleichtem Papier
Printed in Germany · ISBN 3-423-24432-1

Sarah, Dienstag 23 Uhr 42

»Willst du mich heiraten?«

Jetzt ist es passiert. Kein Wunder bei meinem Lebenswandel!

Irgendwann versagt der Körper, dann brennen die Synapsen im Gehirn durch und man kriegt einen Gehörsturz. Oder einen Heiratsantrag.

Oder man bildet sich einen Heiratsantrag ein, weil genau die Synapse durchgekokelt ist, die Wunsch und Wirklichkeit voneinander trennen sollte. Ich wünsche mir schon seit Ewigkeiten einen Heiratsantrag. Heiraten steht auf meiner To-Do-Liste, seit ich vier bin und meine Barbie ihr erstes Hochzeitskleid bekam. Später bekam sie noch andere, was insofern passte, als Heiraten eine ihrer Lieblingsbeschäftigungen war. Meine Barbie heiratete am laufenden Band. Wie Jennifer Lopez, und so was prägt. Heiraten war auf meiner Liste, wie später Italienisch lernen oder endlich mal ins Fitnessstudio gehen, statt nur dafür zu bezahlen, lauter Dinge, die ich irgendwann in Angriff nehmen werde, und es ist sowieso ein Rätsel, dass ich noch nicht verheiratet bin, obwohl ich eine verhältnismäßig mackenfreie Frau mit guter Figur, eigenem Einkommen und schon drei Jahre mit dem Kerl zusammen bin?

Aber Tobias ist kein Mann, der Heiratsanträge macht.

Also doch eine durchgekokelte Synapse! Muss gerade eben passiert sein, denn vorhin hatte ich noch den vollen Bezug zur Realität. Ich habe sehr genau mitbekommen, wie die Frau am Nachbartisch ihren Kerl angemotzt hat, weil er wollte, dass sie die Restaurantrechnung übernimmt. Voller Empörung hat sie ihre dauergewellte Mähne geschüttelt und gezischt, dass sie keine Lust hat, ihre kostbare Lebenszeit auf einen Geizhals zu verschwenden, denn Geiz fängt beim Geld an und hört bei den Gefühlen auf. Ich hatte der Dauerwelle insgeheim recht gegeben und innerlich drei Kreuze geschlagen, dass Tobias kein Geizhals ist. Tobias ist der perfekte Mann, für mich jedenfalls.

Vorsichtig gucke ich hoch.

Mister Perfect lächelt.

»Alles ok bei dir«, fragt er.

Vorsichtshalber lächle ich zurück.

Mir ist klar, dass man bei durchgebrannten Synapsen auf keinen Fall rauchen, sondern den Arzt oder Therapeuten rufen sollte, aber da ich keine Hypochonderin bin, die hart arbeitende Götter in Weiß wegen eines kleinen Schlaganfalls um ihre Nachtruhe bringt, will ich erst mal die Lage peilen, bevor ich Alarm schlage: Sind die äußeren Gliedmaßen noch fähig, gewohnte Tätigkeiten auszuüben? Rauchen ist eine gewohnte Tätigkeit. Ich nehme die Zigarette aus der Packung, zücke das Feuerzeug, lasse es mir von Tobias aus der Hand nehmen, halte die Kippe in die Flamme, mache den ersten Zug. Fühlt sich an wie immer. Diagnose gut. Trotzdem sollte ich aufhören zu rauchen. Wegen der Synapsen und überhaupt.

Tobias lächelt immer noch. Dann zieht er ein Kästchen aus seiner Jackentasche, und es folgt die Szene, die ich in Filmen eine Milliarde mal gesehen habe, aber live zum ersten Mal erlebe: Ein dicker Brilli funkelt mir entgegen. Na gut, die Brillis in den Filmen sind dicker, aber dieser hier ist auch ganz ansehnlich. Es ist immerhin mein erster Heiratsantrag und dafür ist der Brilli voll in Ordnung.

»Na, was sagst du,« will Tobias wissen.

»Ich komm mir vor wie im Film.«

Tobias lacht, dann gießt er mir Champagner ein und wir stoßen an. Ich nehme einen vorsichtigen Schluck, und als ich das Glas absetze, wird um mich herum geklatscht.

»Gratuliere,« strahlt Mario und küsst mich auf beide Wangen. Er küsst feucht. Dann küssen mich alle anderen Kellner. Feucht feucht.

Wie in Mondsüchtig, denke ich, und dann, dass ich aufhören sollte, aus meinem höchsteigenen Heiratsantrag einen Film zu machen. Obwohl es jetzt hilfreich wäre, ein Drehbuch zu haben. Ich habe keine Ahnung, wie es im Text weitergeht, was Tobias ebenfalls auffällt.

»Sarah! Kannst du mal was sagen«, moniert er, »willst du?«
»Ja!«

Dann küsst er mich und das ist besser als Film. Jetzt brennen die Synapsen lichterloh.

Nina, Mittwoch, so gegen halb elf

Micha beugt sich über mich und fängt an, meinen BH aufzuknöpfen. Sein Atem kitzelt auf meiner Haut und sämtliche Härchen auf den Armen stellen sich auf.

Ich hätte nie gedacht, dass ich eine Frau bin, die in der Konservenabteilung eines Supermarkts mit ihrem Mann herumstreitet und sich eine halbe Stunde später bei einem anderen auf dem Sofa räkelt. An einem ganz normalen Wochentag, während die Kinder in der Schule sind. Wie konnten wir nur so weit kommen, Micha und ich? Olli und ich?

»Ist was,« fragt Micha.

Ich schüttle den Kopf.

Was soll schon sein, ich bin ja nur dabei, fremdzugehen. Meine Ehe zu riskieren. Laut dem Bericht, der auf dem Weg zum Supermarkt im Radio war, riskiere ich dabei sogar mein Leben. Verheiratete haben eine höhere Lebenserwartung als Singles, hat der Sprecher erklärt. Angeblich stresst es den Organismus fürchterlich, sich dauernd fragen zu müssen, warum einen keiner liebt?

Als ob sich nur Singles diese Frage stellen würden! Ich bin der leibhaftige Gegenbeweis der Radio-These, wie sonst ist es zu erklären, dass ein fremder Mann vor mir auf dem Boden kniet und an meinem Slip herumfummelt?

Was mir peinlich ist, weil mir in dem Moment schlagartig klar wird, dass der Zustand meines Slips alles über den meiner Ehe verrät. Ausgeleiert und verwaschen.

In der ersten Flirtphase mit Oliver hab ich ein Vermögen in Slips und BHs gesteckt, und erst als mein Kreditlimit erreicht war, kapiert, dass die Investition überflüssig war, da Oliver kein Mann ist, der sich mit der Verpackung aufhält, wenn er den Inhalt will. Ich fing an, statt in Dessous in gemeinsame Urlaube und später in Küchengeräte zu investieren, und als ich bei den Still-BHs angelangt war, gab es kein Zurück mehr zu Spitze und G-String.

Ich schäle mich eilig aus dem peinlichen Teil und manövriere es so unauffällig wie möglich mit dem Fuß unters Sofa. Dabei verfluche ich mich innerlich dafür, dass ich so unvorbereitet an meinen ersten Seitensprung rangegangen bin. Was irgendwie für mich spricht, weil es beweist, dass ich zumindest nicht geplant hatte, meinen Mann zu betrügen. Jedenfalls nicht heute.

Ich hatte es überhaupt nicht geplant, was ziemlich ungewöhnlich für mich ist, weil ich eine Planerin bin. War ich nicht immer, aber mit Kindern lernt man zu planen. Es fängt in der Stillzeit an, wenn man anfängt, einen Zeitplan aufzustellen, wann man sich die Haare waschen oder die beste Freundin endlich zurückrufen kann, und irgendwann ist man so weit, dass man am Donnerstagnachmittag plant, was man am Sonntagabend essen will. Das hört sich absurd an, funktioniert aber dank Tiefkühlpizza, und man spart sich das Gedrängel, das freitags und samstags in den Läden herrscht. Andere Pläne funktionieren weniger gut, wie zum Beispiel der, keine Schwangerschaftsstreifen oder Job und Kinder unter einen Hut zu kriegen und dabei immer sexy und attraktiv gestylt zu sein. Maja war kaum eine Woche alt, als ich in einer Stillpause zum Kaufhof raste und einen Jogginganzug kaufte, aus dem ich das ganze nächste Jahr nicht mehr rauskam. So viel zum Thema Pläne! Mein Fehler, aus dem ich gelernt habe.

Um als Planerin erfolgreich zu sein, darf man die Ziele nicht zu hoch stecken. Inzwischen bin ich zufrieden, wenn mein Einkaufsplan funktioniert und die Familie am Sonntagabend im Jogginganzug vor der Glotze vereint Tiefkühlpizza isst.

Micha streichelt mir durchs Haar und dann küsst er mich. Ich denke, dass er ein guter Küsser ist und dass ich das nicht denken würde, wenn mein Plan mit Olli besser funktionieren würde. Sex oder Liebe? Das war nie die Frage für mich. Ich will beides, so viel ist klar, aber Plan A war, es mit ein und demselben Mann zu haben.

Ich hatte vorgehabt, bis an mein Lebensende glücklich mit Olli zusammen zu sein. Oder zumindest bis zu unserer Scheidung, die natürlich ebenfalls glücklich und in gutem Einvernehmen über die Bühne gehen würde. Die Kinder wären am Wochenende bei Olli, der sich eine Freundin in Majas Alter geholt hat, die sich mit ihr über Popstars und Pickel unterhält, während Olli und Lucas Bundesliga gucken. Ich werde dann wieder Zeit für mich haben und damit etwas Sinnvolleres anfangen als den Rekord in Nutella-essen aufzustellen. Zum Beispiel werde ich mich sexy und attraktiv stylen. Und Schreiben. Richtige Drehbücher, keine popeligen Serienplots, wie ich es jetzt hin und wieder tue, um das Gefühl zu haben, auch noch in der Erwachsenenliga mitspielen zu dürfen. Das war Plan B. Aber irgendwas ist schief gelaufen und das beunruhigt mich. Mehr als die Sache mit dem Slip, den Micha großzügig übersehen hat. Er fährt langsam und zärtlich mit seinen Lippen an meinen Beinen hoch, und ich frage mich, wann Oliver und ich zuletzt am helllichten Tag Sex miteinander hatten?

Es ist wie verhext! Plan A funktioniert seit einer Weile nicht so recht und Plan B lässt sich auch komplizierter an, als ich gedacht hatte. Woher hätte ich wissen sollen, dass es bis zur glücklichen Scheidung ein langer Weg ist, auf dem ich fremde Männer an meinen Oberschenkeln lecken lassen muss? Fremdgehen ist meistens der erste Schritt auf diesem Weg, aber wenn ich mich weiter so anstelle, wird es kein Spaziergang werden!

Zu meiner Entschuldigung kann ich nur anführen, dass ich ein Gewohnheitstier bin und das alles hier zu ungewohnt für mich ist. Micha küsst nicht wie Oliver, und das Ding, das er jetzt aus der Hose packt, sieht fremd aus. Oliver hat auch keinen Waschbrettbauch wie Micha. Sein Bauch ist weich und schmiegt sich beim Schlafen sanft in die Kuhle in meinem Rücken. Wenn ich ihn so nah bei mir spüre, vergesse ich Plan B und verschmelze mit ihm zu einem Körper, zu einem warmen Eheklumpen, dessen Bestandteile unauflöslich miteinander verbunden sind. Doch spätestens der nächste Morgen erinnert mich wieder an die veränderbare Struktur von Materie, die von einem verlangt, sich ständig an neue Dinge zu gewöhnen. In der Absicht, das zu tun, umfasse ich Michas Ding.

Micha stöhnt auf und dann kommt er. Auf meinen Bauch. Obwohl ich keinen Grund dazu habe, bin ich erleichtert, Micha anscheinend nicht.

»Tut mir leid«, sagt er, »es liegt daran, dass ich einfach verrückt nach dir bin!«

Ich muss lachen.

»Was für eine originelle Art, das zu zeigen!«

Ein paar Minuten später sitze ich im Auto und fahre zur Reinigung, um den verdammten Smoking abzuliefern, der an dem ganzen Schlamassel schuld ist.

Die Bombe war im Supermarkt hochgegangen. Ich war gerade dabei, einen Nachschub an Spaghettisauce in den Einkaufswagen zu laden, als Oliver anrief.

»Hast du meinen Smoking in die Reinigung gebracht«, wollte er wissen.

»Sollte ich das tun?«

»Mensch, Nina, du weißt, dass ich ihn für die Preisverleihung brauche.«

»Am Donnerstag, oder? Dann reicht es, wenn du ihn morgen auf dem Weg zur Arbeit hinbringst.«

Das war das Vorglühen, ich wusste, dass es gleich knallen würde, und zog schon mal den Kopf ein.

»Prima Idee«, pampte Olli, »ich hab ja sonst den ganzen Tag nichts anderes zu tun, als in meinen Bürosessel zu furzen und meine Sekretärin herumzukommandieren!«

»Olli, du weißt, dass es für mich ein Riesenumweg ist, und ich muss noch mit Hund rausgehen und Mittagessen für die Kinder...«

»Der Hund, die Kinder, schon klar. Weißt du, es ist keine große Leistung, eine Dose Spaghettisauce aufzuwärmen. Das könnte auch eine Haushälterin! Wenn du davon so überfordert bist, dass du null Zeit hast, Sachen für mich zu erledigen, dann nehmen wir uns einfach eine Haushälterin. Am besten eine, die dich von sämtlichen ehelichen Pflichten entbindet.«

Man muss schon Übung haben, um in dieser Geschwindigkeit von Smokings in einer Diskussion über mögliche neue Lebensformen zu landen. Oliver und mir gelingt das in letzter Zeit in Rekordgeschwindigkeit, weil wir ein System entwickelt haben, nach dem unsere Gespräche in endlosen Runden immer wieder um dieselben wunden Punkte kreisen. Wir haben das der Fahrradolympiade abgeguckt, wo die Teilnehmer so lange im Kreis treten, bis einer gewinnt. Unser Spiel funktioniert ähnlich, außer dass es bei uns keine Sieger gibt.

Aber heute Morgen im Supermarkt hatte ich keine Lust auf Verbalradeln. Ich legte auf, bevor der tagesaktuelle Verlierer ermittelt war, dann fuhr ich zu Micha, um herauszufinden, ob er den vakanten Teil von Olivers ehelichen Pflichten übernehmen konnte.

Sarah, kurz vor elf

»Sarah«, brüllt Tobias aus dem Bad.
Ich stelle das Teewasser beiseite und rase los, weil es sich anhört, als ob er kurz davor ist zu ertrinken.
Zum Glück ist es nur halb so wild. Er steht unter der Dusche und hat Gänsehaut. Bei der Gelegenheit stelle ich wieder mal fest, dass er den schönsten Männerkörper der Welt hat. Für mich jedenfalls. Dafür hapert's mit seinem Orientierungssinn.
»Ich hab kein Handtuch«, sagt Tobias vorwurfsvoll.
»Und dafür habe ich mein Teewasser kalt werden lassen?«
»Sarah, ich friere!«
Ich ziehe ein Handtuch unter seinem Klamottenberg, den er auf dem Boden verteilt hat, hervor, reiche es ihm und gehe wieder in die Küche. Ein paar Minuten später kommt er nach Deo duftend rein.
»Du hättest schon längst ein paar Schränke im Bad einbauen sollen.«
»Hm.«
»Sie haben den Vorteil, dass man die Handtücher nicht auf dem Boden aufbewahren muss!«
»Und den Nachteil, dass sie Scheiße aussehen!«
»Das ist doch Blödsinn! Es gibt auch schöne Badschränke, du musst nur in den richtigen Läden gucken.«
»Die kann ich mir nicht leisten!«
Tobias lacht.
»Sei froh, dass du einen Mann hast, der dich heiratet und aus diesem Loch rausholt!«
Er findet das anscheinend witzig. Ich nicht.
Ich wohne keineswegs in einem Loch, sondern in einem

wunderschönen Altbau, um den mich mein gesamter Freundeskreis glühend beneidet. Sie würden Morde begehen, um so eine Wohnung mitten im Gärtnerplatzviertel zu kriegen. Kein Mensch in München hat so eine tolle Wohnung, und ich habe sie nur, weil ich jemanden kannte, der wusste, bei wem ich mich einschleimen musste, um sie zu kriegen. Und jetzt ist die Wohnung mein Zuhause. Meine Höhle.

»Du willst, dass ich wegen der blöden Badezimmerschränke meine Höhle aufgebe?«

Tobias lacht.

»Wir heiraten, erinnerst du dich? Und bei Eheleuten ist es üblich, sich eine gemeinsame Höhle zu suchen.«

Der Brilli! Wie konnte ich ihn vergessen? Ohne eine Tasse Tee bin ich am Morgen einfach nicht zu gebrauchen.

»Klar, weiß ich doch«, sage ich hastig, »und wo sollen wir deiner Meinung nach wohnen?«

»In einer Wohnung mit Fußbodenheizung, die in einer guten Gegend ist und wenn möglich im Bad einen Platz für Handtücher hat.«

»Du meinst, in deiner Wohnung?«

Tobias wohnt in einem auf neu durchsanierten Altbau in Bogenhausen, einem Viertel, das dem Dorfimage unsrer Weltstadt mit Herz insofern gerecht wird, als sich dort Fuchs und Hase Gute Nacht sagen. Es gibt Platz für Badezimmerschränke und Fußbodenheizungen ohne Ende, aber keine Menschen auf den Straßen, was insofern logisch ist, als es in Bogenhausen auch nichts gibt, wo Menschen hingehen könnten, außer nach Hause zu ihren Badezimmerschränken und Fußbodenheizungen. Es ist eine ruhige Gegend, wie Tobias sagt, was eine maßlose Untertreibung ist, denn die Gegend ist nicht ruhig, sondern tot. In Tobias' Augen ein Vorteil, weil man nachts ungestört schlafen kann, was umso wichtiger ist, als Bogenhausen aufgrund seines großflächigen Grünbestands noch über eine intakte und sehr aktive Singvogelpopulation verfügt, die einen spätestens bei Sonnenaufgang erbarmungslos aus dem Bett zwitschert. Das ist genau die richtige Tageszeit, um frohgemut in seinen Zweisitzer zu steigen und zum Bäcker zu düsen. Wenn man es vor Ladenschluss schaffen will, muss man sich beeilen. Oder einen Helikopter chartern, denn in Bogenhausen gibt es nicht nur keine Bars, sondern auch keine Bäcker. Jedenfalls nicht um die Ecke. Man wohnt sowieso nicht an irgendwelchen Ecken, man residiert in Villen mit parkähnlichen Gärten, kilometerweit von öffentlichen Einrichtungen wie Bäckern entfernt. Für Tobias ist das kein Problem. Wozu Bäcker, wenn es Brötchen zum Aufbacken gibt? Da es auch keine Supermärkte gibt, jedenfalls nicht um die Ecke, schafft Tobias es so gut wie nie, überhaupt an irgendwelche Lebensmittel ranzukommen, und ernährt sich von Take-away. Sushi oder so. Der Vorteil einer guten Wohngegend liegt im Vorhandensein von Badezimmerschränken, aufbackbaren Brötchen und Sushi-Lieferanten. Sehr praktisch, denn Leute in guten Gegenden stehen auf Abgeschiedenheit. Man bleibt unter sich. In Tobias' Fall allein, denn ich ziehe nicht nach Bogenhausen, so viel ist klar.

»Tut mir leid, Tobi, ich mag deine Wohnung ja, aber die Gegend ist eher was für Männer. Oder Frauen mit Karateausbildung. Ich hab jedenfalls immer Schweißausbrüche, wenn ich da nachts mein Auto parke, weil es so einsam ist!«

»Ist kein Thema, meine Wohnung ist sowieso zu klein.«

Ich bin erleichtert, dass er kein Theater wegen seiner Badezimmerschränke macht, aber es ist mir nicht klar, wie eine Dreizimmerwohnung für zwei Leute, von denen zumindest einer den ganzen Tag im Büro ist, zu klein sein kann?

»Wie groß soll unsre Ehe-Höhle denn sein?«

»Na, groß genug, dass wir nicht gleich wieder umziehen müssen, wenn du schwanger bist«, sagt Tobias, als wäre das die normalste Sache der Welt.

Ich werde schwanger!

Man heiratet, dann wird man schwanger. Der Vater meiner zukünftigen Kinder küsst mich auf die Stirn.

»Ich muss jetzt los.«

»Ok. Flieg schön!«

»Mach ich. Wir sehn uns übermorgen.«

»Hm. Bis dann.«

»Ruf mich an, wenn du wach bist!«

»Haha!«

Im nächsten Moment ist er weg, und ich frage mich, ob ich das alles nur geträumt habe, aber einen Tee und eine Zigarette später funkelt der Brilli immer noch an meinem Finger. Ich werde heiraten. Yeah!

Nina, 12 Uhr 30

Als ich nach Hause komme, sitzen Maja und Lucas vor dem Fernseher. Ich verkneife mir den Kommentar, weil ich nicht sicher bin, ob eine Frau, auf deren Bauch die Spuren eines Fremdgehversuchs kleben, das Recht zu meckern hat, dass andere statt Hausaufgaben zu machen die Aufzeichnung von Superstars glotzen. Stattdessen nehme ich einen Löffel Nutella.

Nutella ist Trost. Es ordnet die Gedanken und wärmt die Seele. Nach dem zweiten Löffel sind meine Gedanken zumindest so klar, dass ich das Wasser für die Nudeln aufsetze und den Kindern sage, dass sie den Tisch decken sollen. Dann verschwinde ich unter die Dusche. Ich bin gerade dabei, mich abzutrocknen, als Lucas reinkommt und mir mein Handy unter die Nase hält.

»Du hast 'ne SMS gekriegt. Ich guck mal, von wem sie ist.«

Als Mutter hast du keine Privatsphäre. Du gibst sie in dem Moment ab, in dem du deinen Bauch zur Untermiete freigibst. Von da an bestimmt ein anderes Wesen dein Leben, und nach ein paar Jahren unter seiner Herrschaft bist du so weit, dass du darum bettelst, alleine zum Pinkeln gehen oder ein paar Minuten telefonieren zu dürfen ohne unterbrochen zu werden. Es ist mir ein Rätsel, wie andere Mütter es schaffen, fremdzugehen, während ich es noch nicht einmal hinkriege, eine SMS an meinem Wärter vorbeizuschleusen?

»Schon wieder dieser Micha«, bemerkt Lucas, »was will der von dir?«

Ich sage, dass Micha ein Regisseur ist, mit dem ich an einem Filmskript arbeite, was nicht komplett gelogen ist, weil Micha tatsächlich, als wir uns kennen lernten, ein Drehbuch mit mir entwickeln wollte. Er war damals abwechselnd stinkesauer und zu Tode deprimiert, weil irgendein idiotischer Produzent den Film über Fürst Pückler, an dem Micha zwei Jahre lang gearbeitet hatte, abgesägt hat, und bombardierte mich mit Telefonaten, weil er ganz heiß darauf war, neue Ideen zu entwickeln, und fest davon überzeugt, dass ich die Autorin bin, die sie hat.

Lucas ist mit der Antwort nicht zufrieden.

»Du schreibst doch schon für diese Fernsehserie. Wieso willst du noch mehr Arbeit haben?«

»Serie ist Fließbandarbeit. Nichts eigenes.«

»Warum machst du es dann?«

»Weil ich Geld verdienen will.«

»Aber du sagst doch immer, dass die so schlecht zahlen? Zahlt dieser Micha mehr?«

»Der zahlt gar nichts.«

Lucas guckt mich an, als wäre ich verrückt, was man definitiv sein muss, um fürs Fernsehen zu arbeiten.

Wer außer einer Verrückten schreibt völlig ohne Bezahlung eine Geschichte und hofft, dass irgendjemand einen Film daraus macht, und das bei dieser Konkurrenz?

Es ist ja nicht so, dass man eine Ausbildung braucht, um zu schreiben, deshalb schreibt jeder, der in der Lage ist, einen Computer anzuschalten, und es gibt jede Menge Autoren, die sich in der Hoffnung auf Geld und Ruhm tolle Geschichten ausdenken, ohne zu kapieren, dass sie nie einen Cent dafür sehen werden, weil keine Produktionsfirma tolle Geschichten kauft, sonst wäre ja unser Fernsehprogramm nicht wie es ist. Das Problem an den tollen Geschichten ist, dass sie originell und neu und daher nicht zuschauererprobt sind. Da die Fernsehsender aber eine Heidenangst vor den Zuschauern haben, wollen sie ihnen nur Geschichten zeigen, die ihnen gefallen. Das wissen sie aber nur, wenn die Geschichte schon mal im Fernsehen lief. So kommt es, dass man nie etwas Neues sieht, sondern immer wieder dieselben Geschichten in leicht veränderter Form. Als Autor sollte man nicht versuchen, sich eine geniale Geschichte auszudenken, sondern überlegen, was man so genial abkupfern kann, dass der Fernsehsender die alte Geschichte noch erkennt, der Zuschauer aber nicht. Im Fachjargon nennt man das nicht abkupfern, sondern neu erzählen. Michas und meine Idee war es, die Geschichte von Lola Montez neu zu erzählen. Hauptsächlich heißt das, mit mehr Busen als in der alten Version. Busen ist zuschauererprobt und kommt sicher gut an. Genau wie Sex.

Aber das ganze Gerede um Lolas Busen und den Sex, den sie mit dem König haben soll, führte dazu, dass Micha und ich auch anfingen, miteinander zu flirten, was neben der schlechten bis nicht vorhandenen Bezahlung ein weiteres typisches Merkmal der Fernsehbranche ist. Man muss sich immer in den Stoff, an dem man gerade arbeitet, persönlich einfühlen. Angeblich, um die Figuren besser zu verstehen, in Wirklichkeit aber, um zu verdrängen, dass man wieder mal völlig umsonst malocht. Wohin das führt, kann man in jedem Klatschblatt nachlesen. In keinem Job werden so oft eingebildete Gefühle mit echten verwechselt wie beim Film, was für das bekannte Chaos im Privatleben sorgt. Ich zumindest hatte einen ziemlich chaotischen Vormittag. Aber das kann ich Lucas nicht sagen.

»Warum will er mit dir spazieren gehen«, fragt er.

»Will er das?«

Ich habe durch die Kinder gelernt, dass man im Kreuzverhör am besten mit Gegenfragen reagiert. Das trifft übrigens nicht nur auf Kinder zu, bei Olli funktioniert der Trick manchmal auch. Manchmal auch nicht.

Ich nehme Lucas das Handy weg und frage mich, als ich Michas SMS lösche, wann Olli und ich das letzte Mal zusammen spazieren waren? Einfach so, an einem Wochentag und zu zweit. Fairerweise muss ich zugeben, dass Oliver nicht so viel

Tagesfreizeit hat wie Micha, der ein paar Monate im Jahr filmt und die restliche Zeit auf seinem Sofa lümmelt und telefoniert, was er Projektsondierung nennt. Im Moment sondiert er Lola und hat zwischendurch viel Zeit, SMSe zu verschicken oder spazieren zu gehen, während Olli nur am Wochenende frei hat. Dann gehen wir mit den Kindern, und neuerdings auch Hund, in den Englischen Garten. Die Kinder reden über die Schule, dann toben sie mit Hund und Olli und ich gehen ein Stück zu zweit und reden über die Kinder. Ich vermisse Gespräche mit Olli, in denen es nicht um Kinder geht. Oder um Smokings.

Smokinggespräche sind verheerend und haben unabsehbare Folgen.

»Und was will dieser Regisseur wiederholen, das er heute Morgen verbockt hat?«

Lucas hat sich das Handy wieder geschnappt und weitergelesen.

»Eine Szene ist nicht so geworden wie er sie haben wollte.«
»Und wie fandest du sie?«
Ich weiß es nicht?

Sarah, bei der dritten Tasse Tee

»Ist das geil«, brüllt Paula in den Hörer, »ich werde Brautjungfer! Das muntert mich echt auf!«
»Wieso brauchst du Aufmunterung?«
»Unwichtig. Lass uns über das Kleid reden!«
»Off-white natürlich, was sonst?«
»Off-white? Sehr ungewöhnlich für die Brautjungfern.«
»Für die Braut. Für mich.«
»Ach so. Na klar, weiß wäre ja auch absurd. Off-white ist prima. Passt super zu champagner.«
»Mir ist es egal, ob das Brautkleid zu den Getränken passt.«
»Zu den Kleidern der Brautjungfern natürlich! Hab ich neulich in der Gala gesehen. Da war 'ne Hochzeit von so 'ner Promischickse oder 'ner Königin, was weiss ich? Jedenfalls haben die Brautjungfern champagner getragen. Ein dunkles champagner, eher Veuve als Dom Perignon. Sah gigantisch aus. Egal, wir haben genug Zeit, uns darüber den Kopf zu zerbrechen, Hauptsache, das Kleid bringt meine Figur zur Geltung. Du weißt ja, dass sich ungefähr hundert Prozent aller Paare auf Hochzeiten kennen lernen?«
»Ich dachte, im Job?«
»Aller coolen Paare. Sich im Job zu verlieben ist uncool. Das ist 'ne Zwangshandlung. Wie bei Tieren im Zoo. Wenn du fünf Tage die Woche acht Stunden lang zusammen eingesperrt bist, fällst du zwangsläufig auf der nächsten Weihnachtsfeier über einen Mitinsassen her. Wenn ich nicht so ein aktives Privatleben hätte, wäre ich vermutlich auch schon aus lauter Verzweiflung mit dem Grabscher ins Bett gestiegen!«
Der Grabscher ist Paulas Chef, ein Kerl mit Geheimratsecken und einem so katastrophalen Eheleben, dass er alles an-

baggert, was nicht bei drei auf dem Baum ist. Sogar Paula, obwohl die aus ihrer Abscheu ihm gegenüber keinen Hehl macht, ein Grund, weshalb ihr dauernd die Kündigung droht. Der zweite Grund ist, dass sie ständig am Telefon hängt, weil sie unfähig ist, sich auf ihre Arbeit zu konzentrieren, solange sie nicht genauestens über den Stand der Ereignisse im Leben der Freundinnen informiert ist, aber der Grabscher im Büro keine privaten Telefonate erlaubt, die länger als fünf Sekunden dauern. Wenn der Mann auch nur ansatzweise Ahnung von seinen Mitarbeitern hätte, wüsste er, dass er damit genauso wenig Erfolg haben wird wie mit der Grabscherei, denn Paula kann sich am Telefon nicht kurz fassen.

»Lass den Alten doch ein bisschen grabschen, dann kannst du vielleicht auch in Ruhe fonen!«

»Erinnere mich nicht daran, der Alte ist zum Glück noch nicht eingelaufen. Aber er hat mir schon per Autotelefon Stress angekündigt, und das ausgerechnet heute, wo ich total müde bin!«

»Lange Nacht?«

»Kannst du laut sagen! Gentleman hat mit mir Schluss gemacht.«

»Ich wusste gar nicht, dass ihr eine Beziehung hattet?«

Paula lacht.

»Du hast recht. Er ist so dramatisch! Er übertreibt einfach alles. Was ja noch ganz süß war, als er mir diesen überdimensionalen Rosenstrauß geschickt hat!«

Gentleman hatte Paula nach ihrem ersten Date fünfzig Rosen ins Büro liefern lassen, und zwar nicht irgendein Kraut von der Tankstelle, sondern langstielige Baccaras. Wir waren alle schwer beeindruckt und seitdem hatte Gentleman sein Etikett weg.

Bei Paula fungieren Männer nie unter ihren eigentlichen Namen, sondern werden nach ihren Eigenschaften etikettiert, weil sie dadurch leichter zu katalogisieren sind, was bei Paulas

Verschleiß sinnvoll ist, um den Überblick nicht zu verlieren. Und das passiert leicht, denn Paula lebt auf der Überholspur. Sie liebt und vergisst schneller als andere Menschen. Während andere Frauen Jahre brauchen, um überhaupt einen Mann kennen zu lernen, und ungefähr genauso lange, um ihn wieder los zu sein, hat Paula, kaum ist sie einen Abend unterwegs, einen Kandidaten an der Angel, der im Kreis der Mädels diskutiert wird, aber meistens schon wieder aussortiert ist, bevor wir zu einem Ergebnis kommen können. Paula hat es sich zur Lebensaufgabe gemacht, den Mann ohne Macken zu finden, und ist nicht bereit, sich von so etwas Profanem wie Erfahrung von diesem ambitionierten Ziel abbringen zu lassen. Aber während andere Frauen durch das Ticken ihrer biologischen Uhr Macken gegenüber milde und im Sinne der Fortpflanzung zum Teil geradezu erschreckend kompromissbereit werden, passiert bei Paula genau das Gegenteil. Je mehr Kandidaten sie aus dem Rennen geschickt hat, umso strenger wird der Test. Es ist noch nachvollziehbar, dass ein Typ namens Bohnenpimmel nicht bestehen konnte, aber dass ein an sich sehr netter Cabriofahrer ausgemustert wurde, nur weil Paula eine Mittelohrentzündung auf sein Konto schrieb, fand ich etwas vorschnell. Mit der Zeit hätte sie ihn bestimmt dazu überreden können, im Winter auch mal geschlossen zu fahren, aber Paula hat nun mal keine Geduld. Außer beim Telefonieren.

»Was ist passiert? Hattet ihr Streit, weil er vergessen hat, dir die Autotüre aufzuhalten?«

»You wish! Ne, das Date war toll. Der ganze Abend war gigantisch. Er hat mich abgeholt, wie es sich gehört, das Restaurant war super, du kennst ja das Glockenbach. Der Service ist einmalig und das Essen prima. Das einzige, was sie verbessern könnten, ist das Licht. Zu düster da!«

»Ich mag düster. Da ist es nicht so schlimm, wenn man mal k.o. aussieht.«

»Ich geh mit keinen Kerlen aus, die k.o. aussehen!«

»Schon klar. Kannst du jetzt mal zum Punkt kommen?«
»Welcher Punkt?«
»Gentleman?«
»Ach so das!«
Aber Paula kann auf einfache Fragen keine einfachen Antworten geben. Es folgt eine fundierte Restaurantkritik mit anschließender Führung durchs Münchner Nachtleben, inklusive der detaillierten Beschreibung aller relevanten unterwegs getroffener Personen, die entweder gigantisch oder total absurd gekleidet waren, bis sie endlich an der Stelle ankommt, an der sie und Gentleman vor Paulas Haustür und der Frage aller Fragen stehen. Bei so viel Liebe zum Detail ist es kein Wunder, dass der Grabscher keine privaten Telefonate in der Firma duldet.

»Es war unser drittes Date«, plappert Paula munter weiter, »also dachte ich, jetzt können wir den nächsten Schritt machen!«

Bei Paula verlaufen nicht nur die Eignungstests sondern, auch das weitere Dating nach strengen Regeln, von denen eine besagt, dass sich beim dritten Date entscheidet, ob man den nächsten Schritt geht, wie Sex in Paulas Dating-Sprache heißt. Ich verstehe die Regeln nicht ganz, aber ich denke, dass irgendetwas daran faul sein muss, denn ich kenne niemanden, der so viele nächste Schritte geht wie Paula und trotzdem nie eine Beziehung hat.

»Es lief alles nach Plan. Wir gehen hoch, köpfen 'ne gepflegte Pulle Weißwein, sitzen auf dem Sofa und es geht los. Denke ich jedenfalls. Und dann fängt er plötzlich an, mich zu beißen!«

»Was? Wohin denn?«

»Erst mal in die Schulter. Ich hab vor Schmerz gejault, aber das fand er anscheinend irgendwie gut, jedenfalls hat er mich als Nächstes in den Arm gebissen. Ich hab 'nen blauen Fleck an der Stelle!«

Ich muss lachen. »Bist du gegen Tollwut geimpft?«

»Sehr witzig! Ich versuche jedenfalls, mich zu befreien, aber der Kerl hat seinen Kiefer total in mich verkeilt. Ich schimpfe auf ihn ein und schubse ihn weg, was er aber als Aufforderung versteht, weiterzumachen. Und als nächstes hat er meine Brustwarzen zwischen den Zähnen.«

»Autsch! Spinnt der?«

»Der Typ ist komplett verrückt, keine Frage, aber das war auf einmal ganz gut. Oder ich war Schmerz gegenüber immun geworden? Weiss ich nicht? Jedenfalls hat mich das mit den Brustwarzen angetörnt!«

»Na prima, dann wissen wir jetzt, was in deinem Liebesleben bisher schief gelaufen ist. Du brauchst keinen Mann, sondern 'nen Kampfhund!«

»Haha! Wir haben also dieses Sexding laufen, das besser war, als es sich anscheinend anhört, weil es mal was anderes war. Ne völlg neue Erfahrung!«

»Wenn das so ist, muss ich Tobi auch mal wehtun.«

»Lieber nicht! Wenn du was falsch machst, läuft er dir nämlich davon und ich komme nie zu meinem champagner Outfit.«

»Tobi ist schmerzunempfindlich.«

»Kein Wunder, er ist mit dir zusammen.«

»Sehr witzig!«

»Jedenfalls hoffe ich für dich, dass Tobi nicht so 'ne Heulsuse ist wie Gentleman.«

»Was ist passiert?«

»Naja, wie gesagt, ich hab Spaß an der Sache gekriegt und dann hatte ich seinen hübschen Knackarsch vor dem Gesicht. Der Typ hat einen süßen festen Hintern, superlecker! Und gerade, als ich genüsslich in das knackige Teil beißen wollte, hat er sich bewegt, und dann ging das große Geheule los!«

»Sag bloß, du hast dem Typen in die Eier gebissen?«

»Was muss er sich auch im falschen Moment bewegen? Aber er hätte doch deswegen nicht gleich zu flennen anfangen müssen!«

»Heulsuse!«

»Weichei!«

»Der Begriff war nie zutreffender!«, lacht Paula, »du hättest mal sehen sollen, wie der Kampfhund sich innerhalb von Sekunden in ein Häschen verwandelt hat und aus meiner Wohnung gehoppelt ist. Er will mich nie wiedersehen, hat er geheult, und weg war er. Ich hab ihm die blöden Rosen auf die Strasse nachgeschmissen.«

»Wieso das denn? Die sahen so toll aus auf deinem Esstisch!«

»Dachte ich heute Morgen auch. Aber als ich sie wieder einsammeln wollte, waren sie weg.«

»Schade!«

Paula seufzt.

»Total frustrierend! Also lass uns von was Erfreulicherem reden. Von deiner Hochzeit. Weißt du schon, wo die Party sein wird?«

Ich weiß natürlich genau, wo ich heiraten will, schließlich hatte ich die Frage schon zu Barbies Zeiten abschließend geklärt, aber ich bringe es nicht übers Herz, es Paula zu sagen, weil ich ihr heute weiteren Frust ersparen will.

»Musst du nicht arbeiten«, frage ich, um sie abzulenken.

»Bist du der Grabscher, oder was«, fragt sie scharf, »jetzt sag schon!«

»Du weißt doch, dass ich immer schon in Las Vegas heiraten wollte,« sage ich vorsichtig.

Aber Paula ist viel zu sehr auf sich bezogen, um sich zu merken, was man ihr erzählt, und das erweist sich jetzt als mein Glück.

»Vegas, wie chic«, flötet Paula, »so Siebzigerjahre! Aber wird das nicht absurd teuer, die ganze Gesellschaft nach Vegas zu fliegen? Egal, Tobias hat ja genug Schotter.«

Sie seufzt herzzerreißend. »Ich wünschte, ich würde auch mal 'nen Kerl wie Tobias kennen lernen! Warum krieg ich immer nur die Nieten ab?«

Nina, nach dem Mittagessen

Wo ist der verdammte Hundeknochen?
Ich suche das Mistteil jetzt schon seit Tagen. Eigentlich wäre das Lucas' Job, aber Zehnjährige sind beschäftigte Menschen und müssen deshalb knallhart Prioritäten setzen. Archäologische Grabungen im Haus gehören nicht dazu.
»Vergiss den blöden Knochen«, meinte er vorhin, als er mit der Miene des künftigen Profis seinen Fußballrucksack schulterte, »wir finden ihn schon, wenn er anfängt zu stinken.«
Damit war er losgezogen. Um für das wichtige Spiel am Samstag zu trainieren. Die Ehre der Mannschaft zu retten. In der Umkleidekabine Fußballersticker zu tauschen, was weiß ich? Er hat Termine. Eins null für ihn.
Lucas hat Hund vor ein paar Tagen an der Isar aufgelesen. Das Tier trug kein Halsband, alles, was wir feststellen konnten war, dass sie weiblich ist und dauernd Hunger hat. Oliver wollte sie sofort ins Tierheim bringen, aber die Kinder haben ein hochemotionales Plädoyer dagegen gehalten, und als Tränen ins Spiel kamen, ließ ich mich auf Verhandlungen ein. Ergebnis ist, dass wir eine Anzeige schalten und Findelhund bei uns bleiben darf, bis Herrchen oder Frauchen sich gemeldet haben, sofern Maja und Lucas sich um unseren Gast und sämtliche damit verbundenen Belange kümmern. Was sie hoch und heilig versprochen haben.
Das älteste Märchen, seit es Kinder und Hunde gibt, wie konnte ich nur darauf reinfallen? Ich müsste es doch am besten wissen, dass es zwischen Märchen und Wirklichkeit eine Sollbruchstelle gibt, die es unmöglich macht, dass erstere wahr werden. Spätestens seit Dornröschen hätte mir das klar sein müssen, oder gibt es in der Wirklichkeit einen Mann, der

eine Frau küssen würde, die sich hundert Jahre lang die Zähne nicht geputzt hat?

Jetzt habe ich dieses Fellknäuel am Hals, das mich anwinselt, um mich an den überfälligen Spaziergang zu erinnern, und die Kinder sind mit Fußballtraining und Klavierunterricht zu beschäftigt, um mein Hundemärchen in die Realität umzusetzen. Also ignoriere ich das schmutzige Geschirr und spaziere mit der Mülltüte in der einen, Hund an der Leine in der anderen Hand durch den Garten zu den Mülltonnen.

Nebenan fegt Frau Hamann ihre Terrasse. Als sie mich sieht, nickt sie kurz, dann schwingt sie weiter ihren Besen, vermutlich in der Hoffnung, dass er abhebt und sie zu den anderen Hexen auf den Blocksberg bringt. Bis dahin muss sie ohne Hexerei versuchen, ihre Terrasse sauber zu kriegen, doch Herbstlaub und Wind sind starke Gegner. Aber Frau Hamann ist widrige Umstände gewöhnt. Ihr Leben ist ein ständiger Kampf, der nicht leichter geworden ist, seit wir in die Doppelhaushälfte neben ihr eingezogen sind und uns den Garten teilen. Da wir in ihren Augen ohnehin schon zwei Kinder zu viel haben, empfindet sie es als Kriegserklärung, dass wir jetzt einem weiteren überflüssigen Wesen Obdach gewähren.

Als der Müll unter dem wachsamen Hexenauge ökologisch korrekt entsorgt ist, gehen Hund und ich an die Isar. Es ist ein grauer, regnerischer Tag, und ich überlege, ob es nicht ein Fehler war, Michas SMS einfach zu ignorieren, weil ich mich mit ihm im Gegensatz zu Hund beim Spazierengehen hätte unterhalten können. Andererseits wollte ich genau das nicht. Er hätte bestimmt über den verkorksten Fremdgehversuch reden wollen, und ich hätte nicht gewusst, was sagen sollte?

Ich verkrieche mich in meiner Jacke und stapfe hinter Hund her, die schwanzwedelnd abwechselnd ein paar Schritte vor- und zurückläuft.

»Niedlich, die Kleine«, sagt plötzlich eine Stimme neben mir.

Der zugehörige Mann ist groß und hat ein strahlendes Lächeln von der Art, wie es erfolgsverwöhnte Menschen haben. Gute Zähne, Fellbeschaffenheit einwandfrei, Farbe blond.

Ich lächle zurück.

Unsere Hunde machen sich schnüffelnd miteinander bekannt und wir gucken ihnen andächtig dabei zu.

»Wie alt ist sie«, fragt Blondie.

»Sie ist noch ein Baby«, sage ich ausweichend, weil ich keine Lust habe, ihm Hunds Lebensgeschichte zu erzählen, was ich auf meinen ersten Spaziergängen als Hundegastgeberin noch ganz unbefangen getan und mir damit Gespräche eingehandelt habe, die ich nur unter großen Mühen beenden konnte, denn Hundebesitzer lieben nichts mehr, als sich mit anderen Hundebesitzern über ihre Tiere zu unterhalten, »jedenfalls benimmt sie sich so. Sie pinkelt überallhin, kläfft sinnlos Leute an und gehorcht kein Stück!«

Blondie lacht.

»Sie sind so süß, wenn sie noch so verspielt sind!«

Er beugt sich zu Hund und streichelt sie. Hund springt dankbar an ihm hoch und hinterlässt schlammige Pfotenabdrücke auf der edlen Jacke des Blonden, was den aber nicht zu stören scheint.

»Wie heißt sie denn, die Kleine?«

Hund heißt Hund, weil wir ihren Namen nicht kennen, und eine Taufe sich nicht lohnt, da wir sie weggeben werden. Aber das will ich Blondie erst recht nicht auf die Nase binden, weil ich in den letzten Tagen gelernt habe, dass das Wort Tierheim bei Hundebesitzern ein Signal ist, zu einem leidenschaftlichen Vortrag darüber anzusetzen, dass jeder Mensch einen Hund haben sollte. Hundebesitzer sind Fanatiker und geben nicht auf, bis man ihnen versprochen hat, das Tier zu behalten, bis dass der Tod uns scheidet, und das kann ich im Moment nicht. Dasselbe Versprechen habe ich Olli gegeben und weiß nicht mehr, ob ich es einhalten kann?

Hund scheint die Klemme, in der ich mich befinde, zu spüren, und startet ein Ablenkungsmanöver. Todesmutig springt sie an dem Hund des Blonden hoch und beisst ihm ins Ohr. Der Gebissene beisst zurück, woraufhin Hund das Weite sucht und der Gegner die Verfolgung aufnimmt.

»Süß, wie die beiden spielen«, sagt Blondie.

So weit ich Hundebesitzer bisher kennen gelernt habe, folgt jetzt ein angeregter Austausch weiterer hunderelevanter Daten.

Gute Hundebesitzer können den Stammbaum ihres Tieres bis zu den Dinosauriern runterbeten und sind jederzeit in der Lage, einem auf das Milligramm genau mitzuteilen, wie viel Nahrung ihr haariger Liebling vertilgt. Dasselbe gilt für die Ausscheidungen, die ein beliebtes Gesprächsthema unter Hundebesitzern sind. Für mich sind die Gespräche ungefähr so interessant, wie es für meine Single-Freundinnen gewesen sein muss, als ich ihnen detailliert die Nahrungsmittelverwertung meines jeweiligen Säuglings beschrieben habe. Inzwischen sind meine Kinder aus den Windeln raus und ich habe zum Glück für meinen Bekanntenkreis das Interesse an diesen Gesprächen verloren. Ich habe keine Lust, sie jetzt durch Hundegespräche zu ersetzen.

Aber der Blonde weicht nicht von meiner Seite, und ich kann ihm schlecht verbieten, seinem Hund nachzulaufen, nachdem meiner die Richtung vorgegeben hat. Also gehen wir zusammen und der Blonde erzählt von seinem Hund.

Ich erfahre, dass er Dinkie heißt, Double Income No Kids, ein Name, den Blondies Ex vorgeschlagen hat, da er, wie sich herausstellte, ihr Programm war. Blondie und die Ex haben zusammen Jura studiert und eine Kanzlei aufgebaut, was viel Arbeit und noch mehr Geld brachte, weshalb die Ex das Kinderkriegen von Jahr zu Jahr verschob. Blondie wartete sehnsüchtig auf das Ticken der biologischen Uhr, doch als es bei der Ex nicht eintrat, kaufte er einen Welpen, in der Hoffnung, das kleine Wesen würde in der Ex den Wunsch wecken, ebenfalls neues Leben in die Welt zu setzen. Doch die Ex konnte sich für Dinkie nicht begeistern, und nachdem er ihren Designerbürostuhl angenagt hatte, teilte sie Blondie mit, dass er sich entscheiden müsse: Entweder Dinkie oder sie. Blondie ahnte, dass von ihrer Einstellung in der Hundefrage auf die Babyfrage rückzuschliessen war, und in dem Moment wurde ihm klar, dass diese nie in seinem Sinne entschieden werden würde.

»Die Arbeit hat mich über die Trennung weggetröstet«, erzählt er, »und jetzt hab ich mir von den Prämien ein Haus gekauft. Gleich hier um die Ecke. Alles, was mir noch fehlt, ist eine nette Frau, die mit mir und Dinkie spazieren geht!«

»Die hatten sie bis gerade eben«, sage ich, »aber jetzt muss ich Sie leider auch verlassen, weil ich zu tun habe.«

Der Blonde lacht und streckt mir seine Hand hin.

»Thomas.«

»Nina«, sage ich.

»Freut mich, Nina. Sind Sie öfter hier?«

Er flirtet. Es ist unvorstellbar leicht, Männer kennen zu lernen, wenn man sie nicht sucht. Meine Single-Freundinnen suchen wie verrückt und finden niemanden, aber kaum bist du gebunden, stürzen sich die Männer auf dich. Flirten ist so einfach, wenn man verheiratet ist, und anscheinend fremdgehen etwas, das man zwischen dem Einkauf im Supermarkt und dem Gang zu Reinigung erledigen kann, wenn man will. Ich will es nicht. Aber wie bin ich dann bei Micha auf dem Sofa gelandet?

Inzwischen haben wir unsere Hunde eingeholt und Thomas legt sie gekonnt an die Leine.

»Ich weiß immer noch nicht, wie Ihr Hund heißt«, fragt er.

»One Income, Two Kids.«

Thomas guckt verwundert.

»Im Ernst?«

»Nein«, sage ich, »aber es wäre eine Idee.«
Der Blonde lacht.
»Ich hoffe, ich sehe Sie bald wieder«, sagt er zum Abschied.
Als ich nach Hause komme und die Gartentür aufsperre, läuft mir die Hexe entgegen. Anscheinend hat sie auf mich gewartet. Statt ihres Besens hat sie jetzt ein strauchartiges Gestrüpp in der einen Hand, in der anderen einen Suppenknochen, den sie mir wutschnaubend unter die Nase hält.
»Das war ihr Hund!«
»Das kann nicht sein«, sage ich, »mein Hund lebt und ist putzmunter!«
Die Hexe findet das nicht komisch.
»Sie schulden mir einen Rhododendron,« sagte sie wütend, »und schaffen Sie den Hund weg. Es reicht schon, dass Ihre Kinder den Garten ruinieren!«
Sie beruhigt sich erst, als ich ihr sage, dass Oliver bereits eine Annonce aufgegeben hat, um Hund loszuwerden. Ich frage mich, ob er mich auch loswerden will?

Sarah, früher Nachmittag

Ich habe keine Ahnung, was ich anziehen soll? Wie immer, wenn ich Termine habe und spät dran bin. In meinem Kleiderschrank sieht es aus wie in einem Altkleidercontainer, was daran liegt, dass die meisten Klamotten genau dahin gehören, und ich stehe davor und bin total blockiert. Das ist nur Tobis Schuld, weil er mich noch nicht zurückgerufen hat, obwohl ich seiner Mailbox gesagt habe, dass es dringend ist.

Ich probiere ein weißes Hemd, aber der Kragen ist total out. Außerdem fehlt ein Knopf. Das Problem ist, dass meine aktuellen Favoriten in der Wäsche sind und im Schrank nur die Ersatzspieler vor sich hin dümpeln, die theoretisch längst im Container sind und nur noch in meinem Schrank hängen, weil ich noch nicht dazu gekommen bin, sie dorthin zu bringen. Sie wissen es nur noch nicht und täuschen sich aufgrund der Tatsache, dass sie frisch gewaschen und gebügelt sind, über die traurige Realität hinweg. Manchen meiner Klienten geht es ähnlich.

Ich bin eine Ein-Frau-Agentur, die davon lebt, Leute zu vermarkten. Ich vermittle Schauspieler, Autoren, Regisseure. Manche von ihnen haben eine Menge drauf, sind aber zu bekloppt, damit Geld zu verdienen, andere sind einfach nur bekloppt und wollen trotzdem Geld verdienen. Da der Unterschied in der Filmbranche zum Glück nicht zählt, vertrete ich grundsätzlich jeden, bis sich herausstellt, dass sein Grad an Bekloppheit selbst in unserer Medienlandschaft nicht vermittelbar ist.

Das Luder ist so ein Kandidat. Wenn ich es heute nicht schaffe, ihr eine Rolle zu besorgen, bin ich am Ende meiner Weisheit und sie an dem ihrer ohnehin kurzen Laufbahn.

Das Telefon klingelt.

»Na? Bist du endlich wach?«

Tobias findet sich immer besonders witzig, wenn er in Mailand ist. Die Leute dort polieren sein Ego mehr, als ein roter Porsche oder ein zwanzigjähriges Topmodel es würden, und Tobi ist ihnen komplett verfallen. Er ist seit Wochen ständig in Milano und lässt sich mit Pasta und Komplimenten abfüllen. Die Mailänder finden ihn anscheinend superklasse und haben Tobi neulich im Rahmen eines ihrer Nudel-Gelage einen Job angeboten, der eine fette Gehaltserhöhung bedeuten würde. Mir ist klar, dass ich mit meiner langweiligen Hochzeit nur schwer dagegen anstinken kann.

Ich versuche es trotzdem.

»Las Vegas«, grölt Tobias in den Hörer, »bist du durchgeknallt? Wir sind doch keine Rockstars! Wegen so einem Schwachsinn sollte ich dich zurückrufen?«

»Das ist kein Schwachsinn. Außerdem sollst du mich einfach so zurückrufen.«

»Das tue ich doch.«

»Nach hundert Jahren!«

Er lacht. »Sorry, dass man im Flieger nicht telefonieren darf!«

»Es hätte ja auch was passiert sein können!«

»Ist was passiert, Sarah? Geht's dir gut?«

Seine Stimme klingt jetzt besorgt.

»Mir geht's prima, ich sage ja nur, es hätte, und deshalb sollst du gleich zurückrufen und nicht erst nach Stunden!«

»Das ist mir zu hoch. Also, wenn nichts passiert ist, was ist dann so dringend?«

»Las Vegas. Ich finde, wir sollten dort heiraten, dann sparen wir uns die Party und die Brautjungfern und den ganzen Stress. Oder wie hast du dir unsere Hochzeit vorgestellt?«

»Können wir darüber reden, wenn ich nicht gerade am Gepäckband stehe?«

»Ok, dann ruf mich zurück.«

»Mach ich.«

»Heute noch!«

Tobias verspricht einen Rückruf in diesem Jahrhundert unserer Zeitrechnung, und als das Telefon zwei Sekunden später wieder klingelt, denke ich schon, er hätte sein Gepäck. Aber es ist die Sekretärin, die mich an den Termin mit dem Luder erinnert.

Die Sekretärin arbeitet zwar ausschließlich für mich, aber sie hört ihre Berufsbezeichnung nicht gerne im Zusammenhang mit Possessivpronomina, deshalb nenne ich sie die Sekretärin. Das Possessivpronomen kommt nur im Notfall zum Einsatz. Notfall ist, wenn sie mich nervt, und das ist ungefähr einmal am Tag.

»Außerdem hat der Modelunch bei Maendler gerade angefangen«, sagt sie streng, »und das Atomic Café hat angerufen, ob du Poster oder Pressemappen hast.«

Die Lesung heute Abend. Hätte ich fast vergessen, aber das sage ich der Sekretärin nicht. Stattdessen bitte ich sie, die Poster dort vorbeizubringen.

»Okidoki.«

Die Sekretärin hat ihr Hobby, mir auf die Nerven zu gehen, zur Profession gemacht. Sie vergisst grundsätzlich wichtige Termine und erinnert mich nur an unwichtige, sie kann sich keine Namen merken und setzt mir jeden Tag Capucchino vor, obwohl ich ihn nie anrühre, weil ich nur Tee trinke. Außerdem ist jedes zweite ihrer Worte Okidoki. Ganz oben auf meiner aktuellen Liste, noch vor Altkleider-zum-Container-bringen und Mit-dem-Rauchen-aufhören, steht Sekretärin-feuern.

»Bin schon auf dem Weg!«

»Okidoki. Außerdem hat deine Freundin Laura angerufen und gefragt, ob sie mitgehen kann.«

»Ich kenne keine Laura.«

»Doch. Die blonde Architektin mit dem schrillen Lachen.«
»Lynn.«

Lynn ist zurzeit auf Jobsuche und um alles dankbar, das ihr hilft, die viele Tagesfreizeit totzuschlagen. Ideal ist, wenn es dabei auch noch Essen und Trinken umsonst gibt.

»Ich hab ihr gesagt, dass nur geladene Gäste kommen dürfen«, informiert mich die Sekretärin.

»Wieso das denn?«

»Weil es so ist. Außerdem ist diese Lynn doch Architektin? Was soll die auf 'nem Mode-Event?«

»Architektinnen tragen auch Kleider. Ruf sie an und sag ihr, ich treff sie dort. Am Eingang.«

»Okidoki!«

»Ist sonst noch irgendwas?«

»Nö. Ich kann nur gerade die Telefonnummer von dieser Lynn nicht finden.«

Die Frau macht mich wahnsinnig!

»Unter L wie Lynn. Oder Laura.«

»Heißt sie jetzt doch Laura?«

»Lynn! Wie lynchen.«

Die Sekretärin verspricht, sie sofort anzurufen, und ich probiere eine schwarze Bluse, die aber einen Riss am Ärmel hat. Ich muss dringend die Altkleider entsorgen! Und die Sekretärin feuern. Als erstes, nach der Hochzeit, was seit gestern auf der To-Do-Liste ganz oben steht. Danach Feuern und Klamotten entsorgen, was sich zwangsläufig ergeben wird, weil ich ja umziehe, und die Raucherei wird sich von allein erledigen, wenn ich schwanger bin.

Das Problem mit der To-Do-Liste ist, dass ständig neue Punkte auftauchen, bevor man nur den Hauch einer Chance hatte, die alten zu erledigen. Ich verbringe mein halbes Leben damit, meine Liste zu aktualisieren, und immer, wenn ich kurz davor bin, einen Punkt abzuhaken, zeigt mir das Schicksal den Stinkefinger und ich muss mit der Sortiererei von vorne anfangen. So gesehen hat Tobias recht und mir kann nichts besseres passieren, als zu heiraten, weil dadurch auf einen Schlag eine Menge Punkte erledigt sein werden, zu allererst das Heiraten selbst, das immerhin seit meinem vierten Lebensjahr auf der Liste steht.

Ich bin gerade dabei, das Kleiderproblem zu einem erfolgreichen Abschluss zu bringen, als das Telefon wieder klingelt.

Es ist nicht Tobias, sondern Isabel, die die Neuigkeiten von Paula vernommen hat.

»Wir werden dich vermissen!«

»Ich heirate nur und ziehe nicht auf den Mars!«

»Das ist dasselbe. Verheiratete leben auf einem eigenen Planeten und der ist von dem der Singles weiter weg als die Erde vom Mars.«

Mir rutscht das Herz in die Magengegend. Der Gedanke, dass durch meine Hochzeit galaktische Entfernungen zwischen mir und meinen Freundinnen entstehen, gefällt mir nicht. Ich kann mir nicht vorstellen, sie zu verlieren. Eher könnte ich mir vorstellen, Tobias zu verlieren, was nichts über die Qualität meiner Gefühle aussagt, sondern daran liegt, dass die Mädels seit Menschengedenken in meinem Leben sind, während Tobias erst vor vier Jahren darin aufgetaucht ist. Evolutionsgeschichtlich gesehen sind die Mädels der Planet, der die Basis für jede weitere Entwicklung bildet. Nachdem sich auf dem Planeten jede Menge Affen getummelt haben – und im Fall der Mädels weiterhin tummeln – kam irgendwann der erste Mensch: Tobias, die Krone der Schöpfung. Aber ohne den Planeten kann der Mensch nicht existieren.

»Ich sage nur Jochen«, protestiere ich, »es hat doch auch nichts an unserer Freundschaft geändert, als du Hals über Kopf mit diesem Fußballfreak zusammengezogen bist. Auf einmal war nichts mehr wie früher. Kein endloses Telefonieren mehr, weil das Jochen beim Fernsehen gestört hat, keine Kochorgien mehr, weil Jochen seine Kumpels zum Pokern zu Besuch hatte, und die wenigen Male, die wir zusammen unterwegs waren, bist du um elf nach Hause, um noch ein Nümmerchen mit deinem Süßen zu schieben...«

»Ich weiß, ich weiß! Und das für einen Typen, dessen Vorstellung von einem romantischen Samstagabend war, ran zu glotzen!«

Aber unsere Freundschaft hat ran überlebt, und Isabel verspricht, dass auch mein Umzug auf den Mars ihr keinen Abbruch tun wird.

Als wir das Telefonat damit beendet haben, alles Weitere heute Abend zu klären, ist es so spät, dass ich bei der Kleiderfrage Tempo zulegen muss. Sieger der Verdammten sind eine spießige beige Hose und als Kontrastpunkt ein schwarzes tief ausgeschnittenes Top. Beides ohne Risse und mit Knöpfen. Die Hose soll die professionelle Ader des Produzenten ansprechen, das Top seine Hormone. Bei Meetings mit Männern hängt alles davon ab, ob man den Mix zwischen Seriosität und Sex hinkriegt. Gelingt er einem, ist der Rest ein Kinderspiel!

Hoffe ich zumindest, denn das Luder ist eine meiner Karteileichen, an der ich noch keinen müden Cent verdient habe, weil der Markt für untalentierte Möchtegernschauspielerinnen im Moment sehr überlaufen ist. Der Produzent ist seit ewigen Zeiten der erste Mensch, der Interesse gezeigt hat, weil das Luder inzwischen billig zu haben ist, und ich will den Deal zustande bringen, weil mein rotes Sofa die letzte Party nicht überlebt hat und ich dringend Geld für Ersatz brauche. Ich habe keine Lust mehr, beim Fernsehen auf dem Boden zu sitzen.

Ich will gerade kampfeslustig dem neuen Sofa entgegenstürmen, als das Telefon wieder bimmelt.

»Frau Cordula Hosentreter hat angerufen,« sagt meine Sekretärin mit Grabesstimme.

»Wer?«

»Frau Hosentreter. Das Luder.«

»Ach, Corinna Rosentreter?«

»Ja die. Es geht ihr nicht gut, deshalb will sie das Treffen verschieben.«

»Der geht's wirklich nicht gut«, schnaube ich.

»Oh, und ich dachte, es sei eine Ausrede!«

»Ist es auch, aber die Frau ist nicht ganz richtig im Kopf. Das Treffen findet statt. Sag ihr, ich sei nicht zu erreichen, ich sitze im Flieger, oder so was, und ich hole sie wie besprochen um drei ab. Mach ihr klar, dass ich sie zu Hackbraten verarbeite, wenn sie nicht fertig ist, ok?«

»Okidoki. Hast du zufällig ihre Telefonnummer parat?«

Sekretärin-feuern schiebt sich augenblicklich vor Heiraten auf die Liste. Während ich der Sekretärin rate, unter dem Buchstaben R wie Rosen nach der Nummer zu suchen und warte, bis sie das Alphabet runtergebetet hat, frage ich mich zum hunderttausendsten Mal, wieso ich sie nicht längst gefeuert habe. Die einzige Qualifikation, die für sie spricht, ist, dass sie glaubhaft lügen kann. Und das soll sie jetzt tun.

»Okidoki.«

»Hast du Lynn angerufen?«

»Wen?«

»Meine Freundin. Die Architektin.«

Die Sekretärin behauptet, es getan zu haben, und ich mache mich auf den Weg. Kaum bin ich auf der Straße, bimmelt mein Telefon. Schon wieder nicht Tobias.

»Du bist ja gar nicht im Büro«, bemerkt meine Mutter scharfsinnig.

Die größte Sorge meiner Mutter ist, dass ihre Kinder arbeitslos werden und aufgrund finanzieller Engpässe wieder zu Hause einziehen, was sie in ihrer persönlichen Entwicklung um Jahrzehnte zurückwerfen würde, etwa genauso lang wie sie gebraucht hat, um sich von der Mutterrolle zu emanzipieren und sich selbst wiederzufinden, was auch immer das heißt. In ihrem Fall, dass sie dreimal am Tag zum Friseur geht und nie mehr kochen muss, weil sie meinem Vater eingeredet hat, dass er auf seinen Cholersterinspiegel achten muss und das am besten tut, indem er in der Firmenkantine isst und sich das Abendessen spart. Um sicherzugehen, dass sich an diesem glücklichen Zustand nichts ändert, arbeitet sie unermüdlich daran, ihre Töchter unter die Haube zu bringen. Da meine ältere Schwester bereits erfolgreich darunter gelandet ist und die jüngere noch Schonzeit hat, bis ihr Studium zu Ende ist, konzentriert die Liebesgöttin ihre Energien auf mich.

»Der Agentur geht es doch gut«, fragt sie, »oder habt ihr zurzeit keine Arbeit?«

Ich könnte sie mit einem Satz aus ihrem Elend erlösen und ihr sagen, dass ich in Zukunft im Fall meiner Arbeitslosigkeit Tobias und nicht ihr auf der Tasche liegen werde, beschließe aber, sie zappeln zu lassen. Jahrelange penetrante Fragerei muss einfach bestraft werden.

»Doch. Jede Menge!«

»Du bist aber kurz angebunden!«

Aber dann halte ich es doch nicht aus und erzähle ihr die Neuigkeit. Erwartungsgemäß ist meine Mutter total aus dem Häuschen und sprudelt voller Vorstellungen, die sie in den letzten Jahrzehnten im Hinblick auf meine mögliche Verheiratung entwickelt hat, aber mangels Gelegenheit nie rauslassen durfte. Jetzt ist die Schleuse offen und ich erfahre alles Wissenswerte über Blumenschmuck, Gästelisten und mögliche Locations für das Fest. Ich lasse sie reden, solange ich über den Viktualienmarkt gehe, aber als ich auf dem Marienplatz angelangt bin und sie beim handgeschöpften Büttenpapier, auf dem die frohe Botschaft von der Verlobung verbreitet werden soll, ziehe ich die Bremse.

»Mama, ich hab 'nen Termin und bin spät dran!«

»Nur noch eines, mein Schatz«, will meine Mutter wissen, »werdet ihr nach Mailand ziehen oder bleibt ihr in München?«

Warum denken auf einmal alle, das ganze Leben würde sich ändern, nur weil man heiratet?

Nina, nachmittags

»Spielst du mit mir Poker«, fragt Lucas.
Ich schüttle den Kopf und hacke weiter auf die Tastatur ein. Er verschwindet, taucht aber zwei Sekunden später wieder auf.
»Ich stör dich auch nicht beim Arbeiten«, verspricht er und setzt sich mit seinen Schulheften zu mir an den Tisch.
Ich bin gestört. Kein Mensch kann ernsthaft von einem verlangen, sich auf ein Drehbuch zu konzentrieren, wenn einem ein Elfjähriger gegenübersitzt, der über seinen Matheaufgaben stöhnt.
Soll er sich abmühen, denke ich in dem Versuch, ihn zu ignorieren, ich muss es ja auch tun.
Lucas stöhnt wieder. Diesmal lauter.
Vorwurfsvoll.
Ich werfe ihm einen vorwurfsvollen Blick zurück, dann starre ich wieder auf den Bildschirm.
Ich muss ein paar Szenen für die Serie schreiben, und es fällt mir auch ohne dass Lucas mir das Gefühl gibt, eine Rabenmutter zu sein, schwer genug, den Faden nicht zu verlieren.
Es geht um eine Liebesszene, in der ein Mann und eine Frau, die sich auf einer Party zufällig begegnen, miteinander knutschen. Ende der Szene mit Blick auf das verliebte Paar.
In der nächsten Szene landen sie im Bett, und ein paar Szenen weiter stellt sich heraus, dass der Mann der verschollen geglaubte Bruder des Ehemannes der Frau ist. Diese Szenen werde ich nicht mehr schreiben, weil wir in der Serie im Turnus arbeiten und nächste Woche ein anderer Autor dran ist. Ich bin nur angehalten, die Sache mit dem Bruder im Hinterkopf zu haben, damit die Geschichte später keine Widersprü-

che aufweist. Am Ende der Staffel wird die Frau von dem verschollenen Schwager schwanger sein. Bis dahin hat unser Chefautor die Geschichte entwickelt, und wie es weitergeht, hängt davon ab, wie die Zuschauer auf den verschollenen Bruder reagieren werden. In der Pause nach Ende der Staffel werden entsprechende Umfragen durchgeführt und je nach Ergebnis wird einer der beiden männlichen Darsteller gefeuert, es sei denn, der Sender beschließt, einen inzestuösen Dreier zu bringen. Doch bis es so weit ist, muss noch viel passieren.

Der erste Punkt, den ich ändern muss, ist die Party. Es darf keine Party geben, weil die Produktionsfirma kein Geld für Komparsen hat.

Ich seufze und Lucas guckt mich fragend an.

»Bist du jetzt fertig?«

»Hab noch nicht mal angefangen.«

Nachdem die Party gestrichen war, hatte ich vorgeschlagen, den Mann und die Frau einander in einer komparsenleeren und daher billigen nächtlichen Bar begegnen zu lassen, aber der Aufnahmeleiter sagte, dass wir zurzeit keine Bar zur Verfügung hätten, weil unser Set die feuchtfröhliche Party, die das Kamerateam neulich nach Drehschluss darin gefeiert hat, nicht gut überstanden hat und renoviert werden muss. Er schlug vor, unser Liebespaar einander auf einer nächtlichen Straße begegnen und sie am Ende der Szene in einer Toreinfahrt wild herumknutschen zu lassen, aber das geht auch nicht, weil wir schon einen anderen Nachtdreh haben, und zwei davon würden Überstunden für die Kameraleute bedeuten, was man nach dem Malheur mit der Bar nicht riskieren will. Die Producerin wühlte daraufhin in ihren Unterlagen und kam zu dem Ergebnis, die einzige noch zur Verfügung stehende Kulisse sei eine Metzgerei, so dass die Szene jetzt dort spielen wird. Mann und Frau begegnen sich beim Einkaufen und spüren sofort eine derart intensive innere Verbindung zueinander, dass sie anfangen zu knutschen. Aufgrund meiner jahrelangen Erfahrung als Hausfrau habe ich zu bedenken gegeben, dass diese Entwicklung ziemlich unrealistisch ist, weil ich noch nie erlebt habe, dass zwei Wildfremde einfach so in der Metzgerei zu knutschen anfangen, wurde aber belehrt, dass es beim Fernsehen nicht um Realismus, sondern um Realisierbarkeit geht. Als einziges Zugeständnis an die Welt außerhalb des Fernsehens ist die Producerin bereit, die Schweinehälften, mit denen das Set dekoriert ist, entfernen zu lassen. Wenn die Optik Sie stört, sagte sie zu mir, könnten wir die Metzgerei ohne großen Aufwand in eine Art Imbiss umfunktionieren, wo es Käsesemmeln und Prosecco gibt. Aber da schaltete sich die Redakteurin ein und sagte, sie bestehe auf den die Schweinehälften, weil die aufgrund ihrer unverhohlenen Fleischlichkeit die animalische Triebhaftigkeit des Paares symbolisch unterstreichen würden.

»Hat Papa die Anzeige wegen Hund schon aufgegeben?«, fragt Lucas.

»Hm.«

Als man sich also bezüglich des Sets geeinigt hatte, meinte die Redakteurin, der Satz, den die Producerin vorhin über die innere Verbindung des Paares gesagt habe, habe sie tief berührt. Betroffen gemacht, war der Wortlaut, und diese Betroffenheit führte dazu, dass die Redakteurin behauptete, ein Gefühl im Bauch zu haben, dass die Geschichte grundsätzlich anders weitererzählt werden müsse. Fernsehredakteure arbeiten nicht mit dem Kopf, sondern dem Bauch. Er ist das Körperteil, aus dem Gefühle erwachsen, die so stark sind, dass ihnen andere Sinne, insbesondere der Verstand, untergeordnet werden müssen. Man nennt diese nicht Blähungen oder Gastritis, sondern Bauchgefühle. Doch der Chefautor, der redaktionellen Bauchgefühlen gegenüber grundsätzlich skeptisch ist, erwachte an diesem Punkt der Besprechung aus dem tranceartigen Zustand, in dem er die meisten dieser endlosen Sitzungen verbringt, und guckte die Redakteurin an wie ein Kaninchen die Schlange. Nachdem ihr die allgemeine Aufmerksamkeit sicher war, sagte sie Redakteurin, sie habe spontan die Eingebung, dass es besser sei, die Geschichte dahingehend weiterzuentwickeln, dass der Mann, mit dem die Frau zwischen den Schweinehälften knutscht, nicht der Bruder ihres Mannes, sondern ihr eigener ist. Der Chefautor schrie mit schmerzverzerrtem Gesicht auf: Wir hätten doch nie erzählt, dass die Frau einen Bruder hat, schon gar keinen verschollenen! Er befürchtete, dass das plötzliche Erscheinen des Bruders der Frau die Zuschauer verwirren und es als unglaubwürdig empfinden könnten. Aber die Redakteurin meinte, es sei eine Eigenschaft von verschollenen Brüdern, urplötzlich aufzutauchen, die sie umso glaubwürdiger machte. Authentischer, war der Wortlaut. Das ganze Palaver ging eine Weile hin und her und ich verdrückte in der Zeit ein paar der Süßigkeiten, die zu solchen Gelegenheiten gereicht werden, um Bauchgefühle der herkömmlichen Art zu bekämpfen, und überlegte, ob der Metzger, an dem ich auf dem Heimweg immer vorbeifahre, nach der Besprechung noch offen haben würde, weil ich plötzlich und sehr authentisch Lust auf Schweineschnitzel bekommen hatte.

Schließlich einigte man sich auf die Version der Redakteurin, was zu erwarten war, denn sie ist die Repräsentantin des Senders und den müssen wir bei Laune halten, weil er unsere Serie sonst nicht ausstrahlt. Redakteure spüren diese Macht, und leben sie so lange aus, bis sie bei ihrem Sender in Ungnade fallen, weil die Serie schlecht läuft, was früher oder später immer passiert. Umso früher, je öfter man Knutschszenen in Metzgereien spielen lässt.

Aber noch haben wir unsere Jobs und ich schreibe die Szene um, wobei ich zu berücksichtigen versuche, an welchen Stellen die Redakteurin gewünscht hatte, dass ich Spannung auf- bzw. zumachen, wo ich die Stimmung deckeln und wann der Wash-up sein sollte. Redakteure sprechen eine Sprache, die kein Mensch versteht, und deshalb ist es auch kein Wunder, dass kein Mensch unser Fernsehprogramm versteht. Aber wie sollen sie auch den Bezug zur Realität behalten, wenn sie ihr Leben in Besprechungen verbringen, in denen über die tiefere Symbolik von Schweinehälften diskutiert wird?

»Und was machen wir, wenn sich die Besitzer nicht melden?«

»Hm?«

»Die Besitzer von Hund. Kommt er dann wirklich ins Tierheim?«

»Ja. Das haben wir doch so besprochen.«

»Warum können wir ihn nicht behalten?«

»Bist du mit deinen Aufgaben fertig?«

»Ich hab keinen Bock, meine Autschgaben zu machen. Die sind so blöd, dass es wehtut.«

Ich muss lachen.

»Frag mich! Meine Szenen sind auch nicht besser.«

Ich würde sonst was drum geben, mal eine Geschichte zu schreiben, in die mir kein Redakteur reinredet, auch wenn es nur ein Neuaufguss einer alten Schmonzette wie Lola Montez ist. Zumindest dürften sie sich in Schlössern küssen, statt in Metzgereien.

Ich beende die Szene damit, dass die Frau verwundert guckt. Szenen enden immer damit, dass irgendjemand irgendwie guckt, und die Redakteurin mag es am liebsten, wenn dieser letzte Blick Verwunderung ausdrückt. Vielleicht ist es der unbewusste Ausdruck ihrer eigenen Empfindungen dem Schwachsinn gegenüber, den sie uns in die Feder diktiert.

»Ich weiß nicht, ob ich Craig zu meinem Geburtstag einladen soll«, sagt Lucas, »er nervt mich so beim Fußballspielen. Er sagt immer, er hätte die besseren Torchancen, dabei habe ich viel mehr Ballkontakte als er.«

»Bis zu deinem Geburtstag sind es noch drei Wochen«, murmele ich, »wieso wartest du nicht ab und entscheidest dich kurz davor?«

»Ok.«

Ich schreibe, dass der Mann verwundert darüber ist, dass die Frau verwundert guckt, als er sie küsst, und deshalb ebenfalls verwundert guckt. Doppelt gemoppelt ist immer gut.

Die nächste Szene ist die Bettszene. Da die Producerin sagt, dass uns kein Bett zur Verfügung steht, weil die Produktion sich mit der Firma zerstritten hat, die bisher die Möbel für die Serie gestellt hat, muss das inzestuöse Liebespaar im Auto vögeln. Wir haben nämlich einen neuen Auto-Sponsor, der darauf besteht, dass das neue Luxusklassemodel möglichst oft auf dem Bildschirm zu sehen ist. Da wir es uns mit ihm nicht auch noch verscherzen wollen, nehme ich mal an, dass in Zukunft ein Großteil der Serie im Auto spielen wird.

»Warum will Papa Hund unbedingt weggeben?«

»Keine Ahnung. Er nervt ihn.«

»Alles nervt ihn.

»Ich weiß.«

Sex im Auto wäre jedenfalls nicht Ollis Ding. Nicht mehr. Als wir uns gerade kennen lernten, haben wir es einmal getan. Als wir zum ersten Mal spontan beschlossen hatten, übers Wochenende zusammen zu verreisen, und feststellen mussten, dass auch eine Menge anderer Leute auf diese Idee gekommen waren, weil am ganzen Gardasee kein Hotel mehr frei war, das wir uns leisten konnten. Und ausgerechnet da fing es auch noch an zu regnen. Aber das konnte uns die Laune nicht verderben. Wir hatten das Gefühl, die Welt gehört uns, obwohl es nur ein verdammt kleines Auto war, das uns gehörte. Das ist ein Gefühl, das sich nicht wiederholen lässt, und heute würde uns so etwas nicht mehr passieren, weil wir unsere Urlaube lange im Voraus buchen.

»Craig sagt, dass seine Eltern sich scheiden lassen.«

»Was?«

»Craig sagt, sie haben sich neulich ganz schlimm gestritten, und da hat der Vater gesagt, dass er auszieht.«

»Das sagt er dauernd und tut's doch nicht.«

»Die Eltern machen nie etwas zusammen, und wenn der Vater zu Hause ist, ist er nur am meckern.«

»Lucas, würdest du jetzt bitte die Klappe halten und deine Aufgaben machen?«

Es würde mich nicht wundern, wenn Craigs Vater irgendwann auszieht, und ich frage mich, ob Tonya ohne ihn glücklicher wäre? Tonya ist Craigs Mutter, die mir neulich beim Fußballtraining erzählt hat, dass sie sich mit ihrem Alten, wie sie den Göttergatten liebevoll bezeichnet, nur noch streitet und deshalb auch keinen Bock mehr auf Sex mit ihm hat. Das geht seit der Geburt ihrer Tochter Lena so, also seit über drei Jahren, und es ist im Nachhinein nicht mehr zu rekonstruieren, was zuerst kam: Der Streit oder der Sexboykott. An Lenas erstem Geburtstag hat Tonya angefangen, Tennis zu spielen. Inzwischen spielt sie fast jeden Tag, das ist zumindest die Version, die sie dem Alten verkauft, in Wirklichkeit verbringt sie die Stunde mit dem Tennislehrer im Bett. Tonya ist seitdem entspannter, aber der Alte nicht, und die Kinder spüren, dass die sie auf einer Bombe leben, die jede Sekunde explodieren kann.

»Ich wünsche mir zum Geburtstag, dass ich Hund behalten darf«, sagt Lucas unvermittelt.

»Du kennst Papas Meinung dazu!«

»Wenn Papa der Hund nervt, kann er ja ins Tierheim ziehen! Mit Craigs Papa.«

Lucas räumt seine Hefte auf einen Stapel und geht zur Tür. Er sieht traurig aus.

»Wohin gehst du?«

»Raus.«

»Wohin raus?«

»Weiß noch nicht.«
»Sollen wir 'ne Runde Poker spielen?«
»Musst du nicht arbeiten?«
»Ich kann auch morgen weiter machen.«
»Wenn du meinst«, sagt Lucas und grinst mich an.

Sarah, Zeit für Häppchen

»Gratuliere«, schreit Lynn so laut, dass die halbe Theatinerstraße sich die Köpfe verrenkt.

Aber als sie sehen, dass ich weder eine Oskargewinnerin noch ein Barluder bin, dem gerade zur erfolgreichen Zerstörung einer Fußballerfamilie gratuliert wird, wenden sich die Leute gelangweilt ab und gehen weiter. Wie zu erwarten war, hat Lynn heute auch einen Anruf von Paula bekommen.

»Ich schätze, deine Hochzeit wird sie endgültig den Job kosten. Überleg mal, welchen Telefonstress die Frau jetzt hat! Eigentlich kannst du ihr das gar nicht antun!«

Ausgerechnet jetzt ruft Tobias an.

»Ich darf nicht heiraten«, sage ich zu ihm, »damit Paula ihren Job nicht verliert und meine Mutter nicht denkt, dass wir nach Mailand ziehen werden.«

»Und meine befürchtet, dass deine ihr die Planung für die Hochzeit aus den Händen reißen wird!«

»Das spricht für Las Vegas!«

Tobias lacht.

»Wenn wir das tun, redet meine Mutter nie wieder mit mir.«

»Na prima, dann ist Las Vegas ja goldrichtig!«

Als ich auflege und Lynn erzähle, dass nicht nur Paula im Hochzeitsstress ist, sondern sich zwischen den beteiligten Müttern ein Krieg anbahnt, muss sie lachen.

»Sei froh, wenn du Leute hast, die die Planung für dich machen. Die ganze Aufregung jetzt ist ja erst der Anfang. Ist dir klar, was Hochzeit für 'ne Arbeit ist? Allein die Geschenkauswahl ist ein Fulltime-Job. Am besten fängst du jetzt schon mal an, Hochzeitslisten zu schreiben.«

»Was für Dinger?«

»Musst du machen. Es funktioniert so: Du lässt dir in den geilsten Läden der Stadt alle Sachen, die du schon immer haben wolltest, auf Listen notieren und deine Gäste kaufen sie dann für dich. Shoppen bis zum Umfallen, und andere zahlen.«

»Wow!«

»Jetzt weißt du, warum die Hochzeit der schönste Tag im Leben eine Frau ist!«

»Sie heiraten?«

Marisa hat sich unbemerkt angeschlichen.

Marisa ist Klatschkolumnistin und als solche genauso verehrt wie gefürchtet. Sie taucht überall auf, wo irgendetwas los ist, und weiß alles über jeden. Angesichts der vielen Events, die es täglich gibt, habe ich den Verdacht, dass Marisa ein Klon ist. Einer der vielen Klone schüttelt meine Hand, um mir zu gratulieren, dann verschwindet er so schnell, wie er gekommen ist, und Lynn und ich gehen rein, um uns auf die Häppchen zu stürzen. Es gibt das übliche Asiagemisch von Käfer. Egal was oder wo in dieser Stadt gefeiert wird, es gibt immer dieselben Häppchen. Ich kann sie nicht mehr sehen.

»Köstlich«, sagt Lynn.

Sie hat ihren Teller randvoll angehäuft. Es muss hart sein, momentan keine Arbeit zu haben.

»Sag mal, was tut sich eigentlich bei dir an der Jobfront«, frage ich.

Lynn muss kauen und schlucken, bevor sie antworten kann.

»Ich hab keinen Bock mehr, Bewerbungen zu schreiben, ich bin jetzt eine Ich-AG. Zahlt zwar nicht besser, als arbeitslos zu sein, hört sich aber besser an!«

»Und wie klappt das mit dem Geld?«

»Keine Panik! Ich habe einen bombensicheren Plan und schon den ersten Auftrag.«

Lynn hat anscheinend ein Bauherrenmodell entwickelt, was auch immer das sein mag, das ihr mehr Geld einbringt, als im

Lotto zu gewinnen. Ich verstehe zwar kein Wort von dem, was sie mir erklärt, aber ich denke, dass sie angesichts des zu erwartenden Reichtums bis über beide Ohren strahlen sollte. Stattdessen macht sie ein Gesicht, als hätte sie auf eine Chilischote gebissen.

»Mister Dad«, sagt sie leise.

Ich drehe mich um und scanne den Raum.

Tatsächlich. Da steht Mister Dad und flirtet mit einem der Models, das die neuen Bikinis präsentiert und aussieht, als müsste es noch viele Sommer warten, bis es den Führerschein machen darf.

»Er hat eben ein Herz für Kinder«, sage ich.

Aber Lynn kann darüber nicht lachen.

Mister Dad ist ihr persönliches Waterloo, was kein Mensch verstehen kann, der einen erwachsenen Mann dabei beobachtet, wie er einen Teenager angräbt.

Vor Waterloo war Lynn eine Frau, die nie viel Gefühl in eine Beziehung investiert hat. Beziehungen sollen Spaß machen, war ihre Devise, und konsequenterweise machte sie sich beim ersten Anzeichen von Stress aus dem Staub. Bis Mister Dad kam.

Mister Dad ist der typische Enddreißiger mit Statussymbolen, die über die beginnenden Geheimratsecken und den Bauchansatz hinwegtäuschen sollen und seine Vorstellung von Spaß darstellen. Da Spaß für Lynn bisher nie eine käufliche Größe war, sondern etwas, das man einfach hat, waren wir alle ziemlich verwundert, als wir Mister Dad kennen lernten. Wie man sich wundert, wenn eine Vegetarierin plötzlich nach einem blutigen Steak schreit.

Aber Lynn wollte dieses Stück Fleisch, und damit hatte sie sich viel vorgenommen, denn Mister Dad gibt es nur im Dreierpack, weil er zwei Kinder hat. Und zwar nicht in der üblichen Wochenendversion, sondern Vollzeit, weil die Kindsmutter als Ärztin ohne Grenzen unterwegs ist und nur sporadisch in den Schulferien auftaucht, wo sie in der Hauptsache damit beschäftigt ist, die Tropenkrankheiten auszukurieren, die sie sich in den Krisengebieten der Welt eingefangen hat. In der restlichen Zeit ist Mister Dad im Einsatz, und da er außerdem eine Modefirma leitet, stand Lynn ihm an der privaten Front hilfreich zur Seite. Ihre Ausflüge ins Nachtleben hörten schlagartig auf, stattdessen verbrachte sie die Abende mit Mister Dad und den Kindern vor der Glotze und guckte Filme über alleinerziehende Singles, die sich ineinander verlieben und als glückliche Patchworkfamilien leben, bis dass der Tod sie scheidet.

Lynn sagte, das sei nicht langweilig, weil sie innerlich gereift sei und gelernt habe, Männer zu schätzen, die Verantwortung zeigen, statt mit den hirnlosen Vertretern der so genannten Spaßgeneration, der sie bisher ja auch angehörte, ein sinnentleertes Leben zu führen. Das mache sie glücklich, sagte sie, aber sie hatte ständig Ringe unter den Augen, und nach einem halben Jahr hatte Mister Dad sie mehr geschlaucht, als es der gesamten Spaßgeneration zusammen jemals gelungen wäre.

Die Woche war noch zu schaffen, denn da konnte Lynn sich im Büro erholen und Kraft für die Wochenenden tanken, die ziemlich stressig waren, aber auch noch easy im Vergleich zu den Urlauben. Die waren das reinste Arbeitslager.

Während Lynn sich früher beim Shoppen in New York oder Yoga auf Ibiza erholt hatte, verbrachte sie jetzt ihre Urlaube mit Haushaltsarbeit in Mister Dads Ferienwohnung, und wenn sie zurück war, hatte sie keine Energie, mit uns auszugehen und vom Urlaub zu erzählen, weil sie sich erst mal davon erholen musste. Mister Dad erwartete natürlich nicht, dass Lynn den Haushalt alleine schmiss, aber sie konnte sich nicht guten Gewissens auf die faule Haut legen, wenn er schon so nett war, sie in seine romantischen Feriendestinationen mitzunehmen. Ohne mich hättest du so etwas wahrscheinlich nie kennen gelernt, sagte Mister Dad stolz, als sie im Sommer auf seiner einsam gelegenen Finca auf La Palma hockten und den Ausblick auf die weite Landschaft genossen, ist es nicht romantisch? Lynn nickte und machte sich auf den kilometerlangen Weg zum ebenfalls romantischen Dorf, um die Lebensmittel für die Familie zu besorgen. Ihr Beitrag zum gemeinsamen Urlaub bestand aus Kochen – eine aufwendiges Unterfangen, denn die Familie brauchte drei Mahlzeiten am Tag. Doch im Unterschied zu der traditionellen Konstellation, in der die kochende Kindsmutter klar macht, dass gegessen wird, was auf den Tisch kommt, müssen beim Kochen für die Patchworkvariante die verletzten Gefühle der Scheidungsopfer mit berücksichtigt werden. Lynns Scheidungsopfer verlangten Futtern wie bei Muttern, ansonsten verweigerten sie die Nahrungsaufnahme. Mach dir nichts draus, tröstete Mister Dad, wenn Lynns kulinarisches Niveau wieder mal nicht das der Kindsmutter erreicht hatte, mit der Zeit kriegst den Dreh schon noch raus! Lynn war optimistisch, doch ein paar Wochen später kam es dann zum Eklat. Mister Dad weilte geschäftlich in Paris und hatte die letzte Maschine verpasst, so dass Lynn abends auf seine Kinder aufpassen sollte. Lynn sagte die Verabredung, die sie mit Paula hatte, ab. Robby Williams wird sicher noch mal nach München kommen, und bis dahin sind die Kinder groß genug, um alleine zu Hause zu bleiben! Statt sich also in einer Cocktailbar auf Robby einzustimmen, zog Lynn am Freitag nach Büroschluss durch die Supermärkte, um Lebensmittel und Klopapier zu kaufen, und verbrachte den Abend mit den Kids vor der Glotze. Am nächsten Morgen stand sie früh auf, um Frühstück zu machen, und während Mister Dad im Anflug auf München war, fuhr sie zum Viktualienmarkt, um frisches Obst und Gemüse zu besorgen.

Es war ein warmer Frühsommertag und die Sonne lachte sie an. Diese muss in Kombination mit dem Anblick des frischen Spargels, den es überall zu kaufen gab, in Lynn Wünsche nach etwas geweckt haben, das sie in ihrer Beziehung vermisste. Sex war bei Mister Dad Mangelware, denn die Doppelbelastung als berufstätiger Vater raubte ihm den Großteil seiner Kraft, und das bisschen, das abends übrig war, reichte gerade mal, um die Knöpfe der Fernbedienung zu drücken. Wenn sich nach ein paar erholsamen Wochen vor der Glotze die Biologie dann doch bemerkbar machte, lud Mister Dad Lynn zum Essen ein. Es sei mal wieder an der Zeit, meinte er dann, dass sie etwas zu zweit unternehmen. Das war für Lynn das Zeichen, sich die Beine zu rasieren, denn zu diesen Gelegenheiten gab es einen Babysitter für die Kinder und Sex für sie.

Da es schon länger nicht mehr an der Zeit gewesen war, griff Lynn auf dem Markt instinktiv nach dem Spargel. Dazu Frühkartoffeln, beides vom Ökobauern, was ungefähr so teuer war, wie ein Privatkonzert von Robby Williams, aber Lynn hätte es nicht verantworten können, die lieben Kleinen aus purem Geiz mit Schwermetallen zu belasten. Sie schleppte die Kartoffeln nach Hause, schälte den Spargel, rührte Majonnaise an, und als Mister Dad eintraf, stand das Mittagessen pünktlich auf dem Tisch.

Der erste Vorbote des drohenden Unwetters erschien in Gestalt des pubertierenden Sohnes, der klar machte, dass er diesen Fraß nicht anrühren werde. Er angelte sich eine Kartoffel vom Tisch und verschwand in seinem Zimmer. Mach dir nichts draus, sagte Mister Dad zu Lynn, in fünf Jahren ist seine Pubertät vorbei und dann ist er ein ganz normaler Mensch. Während Lynn noch überlegte sie, welche Droge sie nehmen könnte, um die nächsten fünf Jahre zu überleben, zogen Blitze auf und im Esszimmer gab es ein Donnerwetter. Die zehnjährige Tochter lag im Clinch mit ihrem Vater, der ihr androhte, das Taschengeld zu streichen, wenn sie nicht zumindest höflichkeitshalber einen Stengel Spargel probierte. Die Tochter zog ein Leben in Armut vor und verkrümelte sich mit dem Hinweis darauf, dass die Ärztin ohne Grenzen viel besser kocht, ebenfalls in ihr Zimmer. Auch gut, dachte sich Lynn, endlich mal ein Essen zu zweit mit meinem Liebsten. Sie wollte Mister Dad gerade fragen, wie es in Paris gewesen war und ob er vielleicht ein chices Kollektionsteil für sie hatte abstauben können, als Mister Dad sie unterbrach. So nett er es von ihr finde, dass sie ein Essen vorbereitet hat, sagte er, sei es doch etwas gedankenlos und sogar ein bisschen egoistisch von ihr gewesen, ausgerechnet Spargel zu kochen. Sie müsste doch wissen, dass Kinder Spargel hassen. Deinetwegen habe ich jetzt Stress mit meinen Kindern, sagte Mister Dad traurig, und das wäre nicht nötig gewesen, wenn du einfach nur deinen Verstand eingeschaltet hättest! Das tat Lynn dann auch endlich und machte noch vor der Nachspeise mit Mister Dad Schluss. Das restliche Wochenende verbrachte sie im Bett und verließ es nur, um dem Sushi-Service die Tür zu öffnen. Sie war viel zu erschöpft, um Mister Dad auch nur eine Träne nachzuweinen, aber das scheint sie jetzt nachzuholen.

»Du heulst doch nicht etwa wegen diesem Kerl?«

»Natürlich nicht«, schluchzt sie und versucht, die Tränen zurückzuhalten, was ihr aber nicht gelingt, denn Nachschub ist bereits unterwegs und formt in Verbindung mit ihrer Mascara schwarze Tropfen auf ihren Backen.

»Denk dran, wie stressig es mit ihm war! Die Kocherei, der Spargel, der wenige Sex!«

Und schon ist der nächste schwarze Sturzbach unterwegs.

»Er ist eben sehr eingespannt mit der Arbeit und den Kindern!« Sturzbach. »Du wirst selbst sehen, wie das ist.«

»Ganz sicher nicht. Ich werde nie mit Mister Dad ins Bett gehen.«

»Mit Tobi! Wenn ihr Kinder habt, ist Schluss mit lustig. Dann gibt's keine romantischen Urlaube mehr zu zweit oder schnelle Nummern vor dem Frühstück, oder was immer ihr so treibt.«

»Vor dem Frühstück gar nichts. Ohne meine Tasse Tee bin ich am Morgen zu nichts zu gebrauchen.«

»Wenn du Kinder hast, wird es dir am Abend nicht viel anders gehen.«

Sturzbach.

»Dann solltest du froh sein, dass das vorbei ist!«

Sturzbach.

»Schluss jetzt, Lynn, reiß dich zusammen. Er kommt auf uns zu!«

Ich wische ihr eilig die schwarzen Rinnsale vom Gesicht, denn Mister Dad hat inzwischen die Aufsichtspflicht für das Schulkind einem anderen Erwachsenen mit Bauchansatz und Statussymbolen übertragen und begrüßt jetzt ganz in unserer Nähe Marisa, die mit Prinzessin Lily zu Irgendwas herumsteht. Lynn versucht zu flüchten, aber da hat Mister Papi sie schon erspechtet und jetzt gibt es kein Entkommen.

»Lynn, wie geht es dir? Du siehst prima aus!«

Lynn lacht ihr übertriebenstes Lachen.

»Du siehst auch großartig aus«, zwitschert sie, »geht's dir gut?«

»Klar«, lächelt Mister Dad, »wie denn sonst?«

»Klar!«

»Und du, Sarah«, fragt er, »alles klar?«

Ich nicke.

»Alles klar.«

Ich nehme an, dass wir nach diesem Austausch bedeutungsschwerer Inhalte entlassen sind, und ziehe Lynn in Richtung Tür, aber Mister Dad zieht von der anderen Seite. Er hat Lynn am Arm gepackt, ganz so, als sei sie noch seine Lynn und er habe noch Anrechte auf ihren Arm.

»Wir sollten mal wieder Essen gehen«, sagt er zu ihr.

Sein Lächeln ist so breit, dass er seine Mundwinkel an den Ohren befestigen könnte, und seine Augen strahlen, als müsste er einen nächtlichen Tennisplatz damit ausleuchten.

Da das besagte Spargelessen im Frühsommer stattfand und es inzwischen Herbst ist, wundert es mich, dass Mister Papi sich zu erinnern glaubt, zum letzten Mal vor ungefähr sechs Wochen mit Lynn gegessen zu haben. Es gab nicht Spargel, sondern Indisch.

»Das sollten wir bald wiederholen« strahlt er, »es ist mal wieder an der Zeit, findest du nicht?«

Lynn zieht eine Grimasse, die wie ein Lächeln aussehen soll, und dann sind wir endlich entlassen.

»Der Typ muss wirklich im Stress sein«, sage ich, als wir wieder auf der Theatinerstraße stehen, »der denkt doch anscheinend, dass es erst sechs Wochen her ist, seit ihr Schluss gemacht habt?«

Lynn antwortet nicht.

»Warst du etwa nach dem Spargel noch mal mit ihm Essen?«

Sie antwortet wieder nicht.

»Ihr wart nicht nur Essen. Du warst mit dem Kerl im Bett!«

Lynn seufzt. Immerhin ein Lebenszeichen!

»Ja. Aber damit ist jetzt Schluss.«

»Ach wirklich? Ich dachte, nach dem Spargel war Schluss?«

Sie seufzt.

»Es ist einfach passiert, verstehst du? Ich hab dir erzählt, dass er nicht viel Zeit für Sex hat. Deshalb ist er, wenn er mal ranwill, bis unter die Haarwurzeln voll gepumpt mit Balz-Hormonen und sagt so romantische und süße Sachen, dass ich einfach nicht widerstehen kann.«

»Das Geheimnis von Mister Dads Charme ist sexueller Notstand?«

»Das Geheimnis sind die Kinder.«

»Die Kinder? Diese Kotzbrocken?«

»Du wirst es nicht glauben, aber ich vermisse die kleinen Kotzbrocken.«

Sie seufzt.

»Vielleicht war ich nur ihretwegen mit Mister Dad zusammen? Du verstehst das nicht, weil du einen Mann hast, mit dem du Kinder haben wirst. Aber ich werde nie welche kriegen, bei meinem Pech mit den Kerlen!«

Ich hake mich bei ihr unter und wir gehen in Richtung Marienplatz zur U-Bahn.

»Hör mal, Lynn, du hast noch jede Menge Zeit, den perfekten Mann zu finden!«

Ich erwarte, dass sie den Ball zurückspielt und sagt, dass es den perfekten Mann nicht gibt, nur den perfekten Cocktail, um sich darüber hinwegzutrösten. Dann können wir lachen und alles ist wieder gut. Aber Lynn lässt den Ball liegen und geht schweigend runter zur U-Bahn.

»Wir sehen uns heute Abend«, rufe ich ihr nach, »halb zehn!«

Sie nickt, aber ihr Lächeln sieht bemüht aus.

Kann es wirklich sein, dass mit Kindern keine Zeit bleibt für die Liebe? Wieso tun wir uns das an? Wieso sind wir scharf drauf, kleine Kotzbrocken in die Welt zu setzen, die uns eine Szene machen, weil es Spargel zu essen gibt?

Nina, später Nachmittag

»Ok, ich war ein lausiger Liebhaber«, sagt Micha, »aber ist das ein Grund, nicht auf meine SMS zu reagieren?«

Ich hatte gerade angefangen, die Zeitungsschnipsel, die Hund in einer ihrer Altpapiervernichtungsaktionen quer über den Wohnzimmerfußboden verteilt hat, zusammenzufegen, als er anrief.

»Du sollst mich doch nicht auf dem Festnetz anrufen!«

Er lacht.

»Was für eine nette Begrüßung! Heute Morgen hast du noch anders geklungen!«

»Ich weiß ehrlich gesagt nicht, was ich mir dabei gedacht habe?«

Micha lacht wieder, aber es klingt verunsichert: »Keine Ahnung? Ich hoffe mal, dass du scharf auf mich bist?«

»Ist das der Grund, weshalb Leute fremdgehen? Dass sie scharf auf jemanden sind? So banal ist das?«

»Naja, ich hätte es zwar lieber, wenn du mir deine unbanalen Gründe sagen würdest, aber wenn du mich fragst, dann gehen Leute aus Neugier fremd. Aus sexueller Frustration. Aus Geilheit.«

»Nein. Das ist es nicht.«

»Was dann? Rache? Das Gefühl, von seinem Partner keine Beachtung zu kriegen?«

»Nein.«

Maja kommt ins Wohnzimmer und lümmelt sich auf die Couch, in der einen Hand ihre Bravo, in der anderen eine Tüte Lakritze.

»Hör mal, Nina, es ist mir egal, warum du mit mir vögeln willst, Hauptsache, du tust es.«

Ich schweige und Maja wirft mir einen prüfenden Blick zu.
»Oder hast du deine Meinung geändert?«, fragt Micha.
»Können wir ein andermal darüber reden?«
»Warum nicht jetzt?«
Weil ich dir nicht sagen kann, was ich heute Morgen auf deinem Sofa gesucht habe, schon gar nicht, wenn meine Tochter mit gespitzten Ohren dabeisitzt. Als der Groschen gefallen ist, erzählt Micha mir, was sich heute in Sachen Lola getan hat. Die Produktionsfirma will Frauen in wallenden Klamotten und Kerlen in knappen Höschen, die mit Schwertern aufeinander einprügeln.
»Hat man sich denn zu Lolas Zeit überhaupt noch mit Schwertern geprügelt?«, frage ich.
»Das ist doch egal«, meint Micha, »die Zuschauer lieben Schwerter. Dazu Frauen mit tief ausgeschnittenen Dekolletes und Männer in knappen Hosen, da kann nichts mehr schief gehen! Der Film wird ein Quotenknüller!«
Jetzt kommt es nur noch auf die Schauspieler an. Micha sagt, seine Ideal-Lola wäre Cameron Diaz nach einer Brustvergrößerung mit der Frisur von Jennifer Aniston aus der dritten Staffel von Friends im Kostüm von Michelle Pfeiffer aus Gefährliche Leidenschaften. Die Produktion will Veronika Ferres.
»Die braucht wenigstens keine Brustvergrößerung«, tröste ich.
Micha lacht.
»Und was machst du heute Abend?«
Ich gehe auf eine Lesung, aber das will ich ihm nicht sagen, weil er dann bestimmt vorschlagen würde, mitzukommen. Aber ich will ihn nicht sehen. Jedenfalls nicht in einer Bar, wenn Cocktails in der Nähe sind. Auch nicht mehr in seiner Wohnung. Ich will nur wissen, was ich mir dabei gedacht habe?
»Ich mach auf Familie«, sage ich deshalb unverbindlich. Micha glaubt zu verstehen und hakt nicht nach.
Als wir das Gespräch beendet haben, räume ich die von

Hund verschonten Zeitungen weg, um weiterem Unheil vorzubauen, und weiß immer noch nicht, weshalb Leute fremdgehen. Hund hat auch keine Antwort. Er stellt sich vor mich hin und wedelt mit dem Schwanz. Dann geht er zur Tür und fängt an zu winseln.

»Gehst du mal mit dem Hund raus«, sage ich, aber Maja starrt unbeirrt in ihre Bravo, eine Hand wandert dabei wie in Trance zwischen Lakritztüte und Mund hin und her. Meine Tochter ernährt sich weitgehend von Lakritze, und ich frage mich, ob übermäßiger Zuckerkonsum neben den bekannten Schädigungen auch Taubheit verursachen kann, denn sie scheint mich nicht gehört zu haben.

»Maja?«
»Ja?«
»Der Hund muss raus.«
»Darf ich mir die Haare färben?«
Sie hält mir ein Bild von Pink unter die Nase, auf dem deren Haare ihrem Namen alle Ehre machen.
»Spinnst du, Maja? Geh jetzt bitte mit dem Hund raus!«
»Ich muss noch Hausaufgaben machen«, sagt sie und wendet sich wieder der Aufklärungsseite zu.
»Und ich ein Drehbuch abändern!«
Sie überhört den Einwand.
»Mama, was ist ein Cunnilingus?«
Ich seufze.
»Damit hast du Zeit bis nach dem Spaziergang!«
»Ich hab Bauchschmerzen!«
»Dann hör auf, Lakritze in dich reinzustopfen.«
Ich nehme ihr die Tüte aus der Hand und gehe nach oben.
Lucas liegt inmitten einer Hügellandschaft aus Comics, T-Shirts und CDs auf dem Boden und liest Harry Potter. Immerhin eine Lektüre, die ohne Fremdwörterlexikon zu bewältigen ist! Mit meiner Frage stoße ich auf ähnliche Resonanz wie bei seiner Schwester.

»Ok«, sagt Lucas ohne sich vom Fleck zu rühren.

»Jetzt. Oder hast du Lust, die Pisse aufzuwischen?«

»Ich geh ja schon«, sagt Lucas und blättert auf die nächste Seite.

»Hast du in deinem Müllhaufen inzwischen den Zettel gefunden, auf dem steht, wo euer Fußballspiel am Freitag sein wird?«

Lucas blickt ratlos auf die ihn umgebende Hügellandschaft und zuckt mit den Schultern. Dann wendet er sich ob der anhaltenden Störung ungehalten seufzend wieder seiner Lektüre zu.

»Na gut«, sage ich friedfertig, »dann gehe ich jetzt mit dem Hund raus und du räumst inzwischen dein Zimmer auf und suchst den Zettel!«

Als Sportler erkennt Lucas eine Niederlage, wenn sie vor ihm steht. Er steckt sie heldenhaft weg und geht mit Hund an die Isar, während ich mich dranmache, die Spülmaschine auszuräumen. Dabei rufe ich Tonya an, um rauszufinden, wo das Fußballspiel stattfinden wird, und vielleicht, weshalb sie fremdgeht? Schließlich ist sie Expertin in der Sache. Mehr noch, sie ist anscheinend mittendrin, als ich anrufe.

»Lass das, Liebling«, sagt sie kichernd, nachdem sie mich begrüßt hat.

Seit wann nennt sie mich Liebling?

»Hör auf mit dem Unsinn. Zieh das Shirt wieder an und geh ins Bett.«

Was ist da los? Ist ihre Ehe schon so weit den Bach hinunter, dass sie ihren solariumfrittierten Seelentröster zu Hause empfängt?

»Tonya, ist es nicht riskant, wenn dein Tennislehrer dich zu Hause besucht?«

Aber es stellt sich heraus, dass sie nicht mit dem Grillhahn redet, sondern mit Lena, ihrer Dreijährigen, die sie ausnahmsweise für eine Stunde hüten muss.

Tonya ist zu gestresst von dem Alten, um noch Nerven für die Kinder übrig zu haben, weshalb sie die Erziehung einem Au-pair-Mädchen überlässt, das das Gemüt eines Pferdes hat und praktischerweise kaum deutsch spricht, so dass es nicht in der Lage ist, die Freizeitangebote der Stadt wahrzunehmen, und sich stattdessen ganz auf die Kinder konzentrieren kann, die inzwischen fließend polnisch sprechen. Dank dieser Arbeitserleichterung kann Tonya ihre Tage zwischen Friseur, Fitnessstudio und Tennisunterricht verbringen und sich von dem nervigen Alten erholen. Doch heute ist das perfekte System aus den Fugen geraten, weil Lena Fieber hat und das Arbeitspferd sie deshalb nicht zum Geigenunterricht von Stella, der Achtjährigen, mitnehmen konnte.

»Dieses Kind ist so anstrengend, du glaubst es nicht«, seufzt Tonya, »sie kostet mich meine letzten Nerven! Wie du das alles ohne Au-pair-Mädchen hinkriegst, ist mir ein Rätsel?«

»Mir auch.«

»Naja, du hast ja auch keinen Liebhaber! Was mir übrigens auch ein Rätsel ist! Jede Hausfrau sollte einen haben!«

»Findest du?«

Jetzt könnte es interessant werden, aber Tonya ist mit den Gedanken woanders.

»Sag mir bloß, was ich mit diesem Kind machen soll? Sie ist krank und müsste im Bett liegen, stattdessen hüpft sie nackig im Zimmer herum und klettert an den Möbeln hoch wie ein Affe. Du bist ein süßes Äffchen, Lena, Mama hat dich sehr lieb. Aber du nervst auch ganz schön! Sie klettert gerade auf den Tisch. Gott, bin ich froh, wenn Anna zurück ist.«

»Das glaube ich dir! Ach übrigens, Lucas hat den Zettel verloren, auf dem steht, wo das Fußballspiel ...«

»Es ist am Freitag«, sagt Tonya, »ich glaube, das Kind ist betrunken.«

»Was?«

»Sie hat die ganze Tüte Champagnertrüffel verputzt, die ich

von Frank geschenkt bekommen habe. Böse Lena! Mama wollte die Pralinen Anna geben!«

Frank ist der Tennislehrer, Anna das Arbeitspferd.

»Glaubst du, dass sie Alkoholikerin wird«, fragt Tonya.

»Anna? Auf keinen Fall! Die geht doch nie aus und lebt total gesund!«

»Lena. Alkohol ist doch nichts für Dreijährige, oder?«

Es folgt ein gellender Schrei und dann ist die Leitung tot. Dem Schrei nach zu urteilen ist Lena vom Tisch gefallen, womit sich Tonyas Problem erledigt haben dürfte, während ich meines immer noch habe. Ich weiß immer noch nicht, wo das Spiel stattfindet und wie ich bei Micha auf dem Sofa gelandet bin.

Um zumindest die erste der beiden Fragen zu klären, rufe ich Constanze, die andere Fußballmutter, an und decke dabei den Tisch.

Sie sagt mir, dass das große Match auf dem Sportplatz in Giesing ausgetragen wird, um zwei, und erzählt mir im Gegenzug die neuesten Entwicklungen aus ihrem Leben.

Constanze ist allein erziehende Mutter eines Sohnes, dessen Vater vor ein paar Jahren sang- und klanglos verschwand. Constanze hat einen untrüglichem Instinkt für die Nieten unter den Männern und das Pech, ausgerechnet vom Sieger dieser Kategorie schwanger zu werden. Als die Oberniete weg war, hat sie sich unbeirrt an die Mitstreiter um den ersten Platz gehalten und entsprechend dauernd gelitten, aber sie hat zumindest insofern dazugelernt, als sie nicht wieder schwanger wurde.

»Die letzten Tage waren der Wahnsinn«, sagt Constanze, »stell dir vor, ich hab 'nen Kerl getroffen!«

»Schon wieder? Ist ja toll!«

»Ja, ich weiß. Ich bin so glücklich!«

»Wo habt ihr euch kennen gelernt?«

»Im Internet!«

»Du hast den Mann von e-Bay?«
Constanze lacht.
»Nein, aus 'nem Chat. Wir unterhalten uns schon seit Wochen. Ich kann ja abends nicht so gut weg, weil es die Hölle ist, 'nen Babysitter zu finden, und deshalb bin ich eben im Chat unterwegs. Und da war er! Freitag hatte er 'ne Tagung in München, und da dachten wir, es wäre nett, sich mal zu treffen. Es hat sofort gefunkt!«
»Wie gefunkt? Bist du verliebt?«
»Ohne dich mit Details langweilen zu wollen, kann ich dir nur sagen, dass ich das romantischste Wochenende meines Lebens hatte!«
»Wow! Ein ganzes Wochenende? Bitte langweile mich mit Details, ich weiß gar nicht mehr, was ein romantisches Wochenende ist, geschweige denn, wann ich zuletzt eines erlebt habe! Bei uns gibt es nur Familienausflüge.«
Constanze lacht.
»Du würdest schnell wieder reinkommen. Es ist wie Fahrradfahren. Man verlernt es nie!«
Als ich darauf nicht antworte, weil ich versuche, mich daran zu erinnern, wann Olli und ich zuletzt ein Wochenende für uns alleine hatten, rät Constanze, ich solle mir einen Liebhaber zulegen. Ich will ihr nicht sagen, dass ich die Möglichkeit heute Morgen geprüft habe. Aber ein feuchter Fleck auf dem Bauch ist nicht meine Vorstellung von Leidenschaft.
»Also erzähl, wie ist er, was macht er, wie sieht er aus? Lass dir nicht jedes Wort aus der Nase ziehen!«
»Er sieht toll aus. So ein Richard Gere-Typ.«
»Also graue Haare?«
»Das kann sehr sexy aussehen! Außerdem spielt das Alter doch keine Rolle.«
»Hängt davon ab, welches. Wie alt ist er denn?«
»Fünfundvierzig. Sagt er. Aber ich glaube, er schummelt.«
»Wie kommst du darauf?«

»Das darfst du keinem erzählen, hörst du?«
»Versprochen. Wem sollte ich es auch erzählen?«
»Deinem Mann, Tonya, was weiß ich?«
»Versprochen.«
»Als er im Bad war, hab ich heimlich in seinen Sachen gewühlt, weil ich einen Ausweis finden wollte. Ich meine, ich habe den Mann im Internet kennen gelernt und da hat er sich Goofie genannt, verstehst du?«
»Und?«
»Ich hab keinen Ausweis gefunden, dafür aber blaue Pillen.«
»Viagra?«
»Sag nichts gegen die Segnungen der Pharmazie, bevor du ihre Wirkung nicht gespürt hast, die, wenn du mich fragst, sensationell ist!«
»Ihr habt schon miteinander geschlafen?«
»O. k., normalerweise hätte ich mir damit Zeit gelassen, klar. Aber der Typ hatte seit drei Jahren keinen Sex mehr, das musst du dir mal vorstellen! Er dachte, er sei impotent!«
»Aber er ist es nicht, dank Viagra?«
»Ich denke nicht, dass er das Zeug ewig nehmen muss, nur jetzt am Anfang, um Selbstvertrauen zu gewinnen, verstehst du? Das Problem ist bei ihm psychisch, weil es so lange mit seiner Frau nicht mehr geklappt hat.«
»Er ist verheiratet?«
»Seit drei Jahren ohne Sex!«
»Da bin ich aber beruhigt! Was weißt du sonst noch von ihm?«
»Er ist Arzt, Orthopäde, wie gesagt, noch verheiratet, wohnt in Köln und hat zwei Kinder. Deshalb hat er auch kein Problem damit, dass ich ein Kind habe.«
»Das ist das Mindeste, nachdem du kein Problem damit hast, dass er verheiratet ist!«
»Er liebt Kinder, sagt er, es tut ihm richtig leid, dass er so wenig Zeit für seine eigenen hat.«

»Du meinst, weil die samt Ehefrau zu Hause auf ihn warten, während er Pillen und fremde Frauen poppt?«

Constanze lacht.

»Läster nur, du hast ja alles, was man braucht, um glücklich zu sein. Sex und Liebe. Aber Frank.«

»Frank?«

»Goofie. Er heisst im wirklichen Leben Frank. Der hat keine so glückliche Familie wie du. Er braucht mich, sagt er, weil er sich bei mir als eigenständiger Mensch fühlt.«

Damit beendet sie das Gespräch, weil sie zur Kosmetikerin will, um sich einen Brasilian Bikiniwax verpassen zu lassen, etwas, auf das eigenständige Mensch anscheinend abfährt, sich aber ziemlich schmerzhaft anhört.

Ich gehe in die Küche und nehme das Glas Nutella aus dem Schrank. Ich weiß, dass jeder Löffel direkt auf meine Hüften wandert, aber wen interessieren Hüften, wenn man gerade eine schockierende Feststellung gemacht hat?

Ich bin Goofy! Der grauhaarige Kerl, der seine Tage damit verbringt, anderen Leuten Warzen aus den Füssen zu popeln, und darüber impotent geworden ist, und ich, wir sitzen im selben Boot. Wir sind auf der Suche nach dem, was von uns übrig ist, wenn die Kinder versorgt und die Rechnungen bezahlt sind, aber im Gegensatz zu mir weiß Goofy, wo er es finden kann.

Sarah, viel zu später Nachmittag

»Sag Hallo sssu meinen Babys«, verlangt das Luder.

Es hat sich vor mir aufgebaut und die Bluse aufgerissen, sodass der Blick auf zwei Airbags frei ist, die sie sich passend zu den Schwimmreifen, die sie an der Stelle, an der bei Erdlingen die Lippen sind, hat einbauen lassen.

Sie sieht aus wie Ute Ohoven und spuckt wie ein Lama.

»Hab ich von Hubert sssum Geburtstag bekommen.«

Hubert-töten notiere ich auf der Liste. Vor Tobias-heiraten und Sekretärin-feuern. Drei Ausrufezeichen!!!

»Konntest du dir nicht ein Auto wünschen? Oder Schmuck, wie jede anständige Frau, die sich von ihrem Kerl aushalten lässt?«

Das Luder knöpft beleidigt die Bluse zu.

»Du weißt doch, dass Hubert Stress kriegt, wenn er mir sssu teure Sachen schenkt. Die OPs hat er selbst gemacht!«

»Was Selbstgebasteltes zum Geburtstag! Wie rührend!«

»Ich weiß nicht, was du hast«, motzt das Luder, »die Kerle stehen drauf. Denk an Pamela Anderson!«

Wie immer in den Gesprächen mit dem Luder, habe ich das Gefühl, in einem Paralleluniversum zu sein, in dem meine Realität nicht existiert. In meiner Welt wären wir jetzt mit einem Produzenten verabredet, der dem Luder einen Job verschaffen könnte, doch statt sich dafür anzuziehen, reißt sie ihre Bluse auf und erschreckt mich mit ihren Silikonersatzteilen. Ich hasse meinen Job, und es macht ihn nicht gerade erträglicher, dass meine Klientin mich beim Sprechen anspuckt.

»Ok, Pamela, dann gehen wir jetzt los und verschaffen dir einen Job beim Film!«

»Ich hab keinen Bock. Ich bin nicht so 'ne Emanze wie du.

Ich halte nichts davon, dass Frauen ihr Geld selbst verdienen. Es ist gegen die Natur und ausserdem total unökologisch.«

Das Luder liebt Fremdwörter und streut sie unabhängig von ihrer Bedeutung beliebig in Gespräche ein.

»Unökologisch?«

»Denk doch mal nach, Sarah! Wenn die Frauen nicht den Männern die Jobs wegnehmen würden, gäbe es keine Arbeitslosigkeit!«

Willkommen im Paralleluniversum. Ich lasse sie reden und stecke mir eine Zigarette an. Ungefähr die hunderste, seit ich in ihrer Dreissigquadratmeterwelt des Wahnsinns angekommen bin.

Das Luder ist mit Abstand meine anstrengendste Kundin und jeder Cent, den ich hoffentlich einmal an ihr verdiene, als Schmerzensgeld anzusehen.

Divenhaftigkeit und Egozentrik bin ich in meinem Job gewöhnt, sie gehören zur charakterlichen Grundausstattung meiner Klienten. Möchtegernkünstler lieben die Attitüde der rebellischen Teenager, wobei nie klar ist, wogegen sie eigentlich rebellieren. Aber man muss es nicht verstehen, für den Job reicht es, die Attitüde zu ignorieren, was mir ganz gut gelingt, es sei denn, ich stoße auf so hartnäckige Exemplare wie das Luder. Da heißt es: Augen zu und durch. Halb sechs. Wir können es noch schaffen.

»Corinna, willst du den Job, oder nicht?«

»Ich will 'nen Mann!«

»Du hast Hubert. Was ist los? Zahlt er nicht mehr?«

»Ich bin ein arbeitsloses Mädchen und muss mich absichern. Man kann nie wissen, wie lange Huberts Frau noch mitspielt. Du weißt, ich bin schon einmal verlassen worden. Noch mal überleb ich das nicht, von einem Tag auf den andren ohne Mann dasssustehen!«

Corinnas Ziel ist es, reich und berühmt zu werden, und Männer sind ihr Ticket dorthin.

Als sie meine Agentur kontaktierte, hatte sie sich gerade einen prominenten Geldsack geangelt und durch geschickt an die Presse lancierte Fotos seine Scheidung erreicht. Damit war sie in allen Klatschspalten, und ich hatte den Job, aus ihrer momentanen Berühmtheit eine feste Einkommensquelle zu machen, aber wir hatten die Rechnung ohne den Wirt gemacht. Der Promi schoss das Luder von einem auf den anderen Tag ab und mit jedem Tag nach der Trennung sank ihr Marktwert. Es war wie mit den Internetwerten, man konnte zugucken, wie ihr Kurs in den Abgrund torkelte.

Das Luder reagierte panisch. Als ehemalige Kellnerin weiß sie, dass das Leben härter ist als jeder Schwanz, und als der Prinz war weg, weigerte sich Cinderella, in die kalte Küche zurückzugehen und Erbsen zu zählen. Also drehten wir gemeinsam an der Uhr und fütterten die Presse mit ihrem Liebeskummer, wobei das Luder nie vergaß zu beteuern, wie sehr sie den Promi vermisste, nicht aber das Leben an seiner Seite. Ich hasse die öffentliche Aufmerksamkeit, erzählte sie den Journalisten, die wir für die Interviews herbeigetrommelt hatten, ich bin doch nur eine kleine Kellnerin. Währenddessen schmiedete ich im Hintergrund die Eisen, solange sie noch lauwarm waren, aber ohne Erfolg. Der Markt ist voll von Leuten, die nichts können und damit reich und berühmt werden wollen. Corinna war gerade so weit, sich mittels Alkohol und anderer beruhigender Substanzen seelisch auf den Gang zum Sozialamt einzustimmen, als wie ein Geschenk des Himmels Hubert in ihr Leben trat.

Hubert ist ein verheirateter Schönheitschirurg, der sich mit dem Luder nicht in der Öffentlichkeit blicken lassen kann, dafür aber großzügig mit seiner Kreditkarte umgeht, um sicherzustellen, dass Corinna die Klappe hält. Doch es ist nur eine Frage der Zeit, bis Marisa oder einer ihrer Klone die Sache spitzkriegen und der Ära Hubert ein jähes Ende bereiten. Anders als bei seinem Vorgänger, hat das Luder kein Interesse daran, dass Hubert sich scheiden lässt, denn das Geld gehört seiner Frau.

»O. k., dann schieß Hubert in den Wind und such dir jemand Neues. In der Zwischenzeit kannst du es ja mal mit 'nem Job versuchen!«

»Ich kann Hubert nicht abschießen, solange ich keinen Neuen habe. Er ist mein Köder.«

»Wen willst du mit 'nem Mann an deiner Seite ködern? 'ne Frau?«

»Also, du hast wirklich null Ahnung vom Leben! Da draußen ist der Dschungel, Baby! Es geht um Fressen oder Gefressen werden, und wenn du den richtig fetten Brocken fangen willst, brauchst du einen Köder!«

»Ich hab den Faden verloren. Wer frisst wen?«

»Alle fressen alle. Das ist genital, davon verstehst du nichts.«

»Genital?«

»Das bedeutet, dass es in unsren Genen liegt. Wir können es nicht ändern. Männer sind Jäger und wollen Frauen erlegen.«

»Hört sich nach Krieg an. Oder Safari?«

»Dschungel. Sag ich doch! Nur die Schnellen überleben und ich muss schneller sein als Hubert. Ich muss jemanden neues finden, bevor er mich abschießt.«

»Das verstehe ich nicht? Wenn die Männer dich sowieso jagen, wozu brauchst du dann Hubert?«

»Meine Güte, Sarah«, seufzt das Luder, »auf welchem Stern lebst du eigentlich? Kein Mann interessiert sich für 'ne Single-Frau! Als Single bist du verloren. Verzweifelt, von der Herde ausgestoßen, und kein Mann, der was auf sich hält, will dich jagen, weil alle denken, dass mit dir etwas nicht stimmt. Männer brauchen Konkurrenz, erst dann ist die Beute interessant. Das ist auch genital.«

»Aber wenn du unbedingt 'nen Köder brauchst, warum suchst du dir dann keinen unverheirateten? Dann musst du dir keine Sorgen machen, dass die Ehefrau dich abschießt?«

»Weil unverheiratete Männer Geizhälse sind. Verheiratete sind viel grosssügiger, weil sie ein schlechtes Gewissen haben. Außerdem sind sie leichter zu kriegen. Sie sind so dankbar!«

Viertel vor sechs.

Wenn wir ein paar rote Ampeln überfahren, kommen wir nur ein paar Minuten zu spät.

»Wir müssen los, sonst kannst du dich morgen beim Sozialamt melden.«

»Du bist so gemein«, verzieht meine Klientin ihre aufgespritzten Lippen, »ich hasse die Serie. Die Leute, die da mitspielen, sind alle so hässlich!«

»Dann passt es ja!«

»Wasss?«

»Die Serie ist kein Schönheitswettbewerb, sondern ein Job.«

»Ich will nicht arbeiten, ich will einen Mann! Einen verheirateten Mann mit schlechtem Gewissen.«

»Unser Gespräch dreht sich im Kreis!«

»Was?«

»Im Moment hast du noch einen Mann. Was du nicht hast, ist ein Job.«

»Wenn ich den richtigen Mann hätte, bräuchte ich keinen Job!«

»Stell dir vor, ich verdiene mein Geld selbst. Was spricht dagegen, dass du das auch mal versuchst?«

»Wosssu? Ich meine, warum tust du dir das an? Was ist los mit dir? Du bist doch nicht hässlich. Warum reißt du dir freiwillig den Arsch mit Leuten wie mir auf? Du musst bescheuert sein!«

Sie hat recht. Ich bin bescheuert. Ich führe ein Gespräch, das nicht nur meinen Geist, sondern auch meinen Körper ruiniert, weil ich vor lauter Stress inzwischen die milliardenste Zigaretten rauche. Ich leide, und weiß nicht wofür? Für eine neue Couch? Das Arbeitsleben ist die Hölle. Ich kann verstehen, dass das Luder lieber vom Geld anderer Leute lebt, als sich selbst den Qualen auszusetzen, es zu verdienen. Ich werde Tobias sagen, dass ich für den Rest meines Lebens von seinem Geld leben werde. Was sollte er dagegen haben, immerhin wäre ich steuerlich absetzbar?

»O. k.«, sage ich erschöpft, »vergessen wir den Termin. Es ist sowieso viel zu spät. Für mich ist es o. k., und der Produzent ist wahrscheinlich auch froh, wenn er heute mal früher nach Hause kann. Vielleicht will er ja mit den Kindern spielen oder den Müll rausbringen.«

»Der Typ ist verheiratet?«

»Ja. Wieso?«

Corinna antwortet nicht. Stattdessen sprüht sie in Windeseile ihre Ballons mit Parfum ein und knöpft die Bluse zu, dann übermalt sie die Schwimmreifen mit einem dunkelroten Lippenstift. Das alles passiert in weniger als einer Sekunde und schon steht sie mit Prada-Täschchen und auffordernder Miene vor mir, bereit, den Hort des Wahnsinns zu verlassen.

»Losss, beeilen wir uns!«

»Hast du nicht gesagt, du willst nicht arbeiten?«

Corinna lacht.

»Hassst du nicht gesagt, der Produzent ist verheiratet?«

Sie ist ein Raubtier, das Blut gewittert hat. Sofern es Raubtiere mit Prada-Taschen gibt. Wenn ich gewusst hätte, wie einfach es ist, ihren Jagdinstinkt zu wecken, hätte ich ihr früher gesagt, dass unser Opfer verheiratet ist, und mir die frustrierende Überlegung erspart, wie ich es mit meinem Ego vereinbaren kann, mich für den Rest meines Lebens von meinem Mann aushalten zu lassen? Aber jetzt ist es zu spät, jetzt ist mein Ego am Boden.

»Sssarah, mach nicht so ein Gesicht! Wenn ich den Job kriege, erhöhe ich deine Gage auf achtzehn Prozent. Wenn ich den Mann kriege, auf ssswanzig!«

Das Leben ist schön und ich habe einen tollen Job!

Nina, nach dem Abendessen

»Und, wie war dein Tag so«, fragt Olli, als er nach Hause kommt. Es ist spät geworden, weil er noch einen Termin hatte, und nicht nur deshalb beeile ich mich mit dem Übergaberitual – Kinder abgefüttert, Hund muss noch mal raus, bitte check die Telecomrechnung – dann ein eiliger Kuss und ich knalle die Türe hinter mir zu.

Ich liebe mein neues Auto. Streng genommen ist das Auto nicht neu, sondern Ollis altes Cabrio, das er großzügig an mich abgetreten hat, als er sich ein neues gekauft hat.

Ich freue mich drauf, im Sommer mit offenem Dach zu fahren und ohne die quietschende Plastiktüte, die ich bei Regen auf meinen Sitz legen muss, weil das Dach des Cabrios altersschwach und leck ist wie ein Sieb, aber wen interessiert das? Ich habe einen familienfreien Abend, und wenn ich mich beim Fahren nicht bewege, bleibt die Plastiktüte wo sie ist und meine Hose trocken.

Ich gebe Gas und in der nächsten Kurve verschwindet unser Haus im Rückspiegel.

Grüne Welle bis zum Zoozies. Als ich an der Ampel vor der Kneipe zum ersten Mal anhalte, atme ich tief durch. Stadtluft macht frei.

Etwas später bin ich im Atomic Café, wo Melanie heute ihr neues Buch vorstellt. Das Café ist streng genommen keines, sondern ein Kellerclub, der nicht aussieht, als würde hier oft Kaffee getrunken. Es ist noch nicht viel los. Bis auf einen Club kichernder Weiber und zwei verschlafen aussehende Jungs, die sich in die Sessel gefräst haben und Bier in sich hineinkippen, ist noch keiner da.

Ich stelle mich an die Bar und ordere ein Wasser.

Einer der Bierjungs kommt dazu, um Nachschub zu holen. Als er erfährt, dass hier heute Abend eine Lesung stattfindet, stöhnt er gequält.

»Ich wollte eigentlich ganz gechillt ein paar Happy Hour-Bierchen pumpen, damit ich gut drauf bin, wenn der DJ kommt.«

Der Barkeeper sagt, das werde in ungefähr drei Stunden der Fall sein, sofern die Buchtante und ihr Clan nicht überziehen. Ich weiss nicht, ob ich es mir einbilde, aber ich glaube, dass die beiden mir dabei einen mahnenden Blick zuwerfen, weil sie mich als Clanangehörige geoutet haben, die schuld daran ist, dass der DJs erst in drei Stunden dran ist.

Da ich mich nicht dafür rechtfertigen will, dass ich hier bin, um einer Freundin seelischen Beistand zu geben, rücke ich von den beiden ab und positioniere mich in der Nähe des Weiberclubs, der erwartungsgemäß hier ist, um Melanie zu hören. Die Weiber sind bestens auf das Event vorbereitet. Sie haben Melanies Romane gelesen und versprechen sich eine Menge davon, die Autorin kennen zu lernen, die sie für eine Art Guru in Sachen Männer und Beziehungen halten.

Aber es gibt keine Gurus und auch kein Rezept für die ultimative Mischung aus Sex und Liebe.

Als Single suchst du nach den Zutaten und glaubst, dass die richtigen Klamotten und das passende Parfum dazu das Ticket zum Erfolg sind. Dann kommt der Mann fürs Leben ganz von alleine! Doch wenn er da ist, stellt sich heraus, dass er denkt, der Erfolg einer Beziehung hinge davon ab, ob man seinen Smoking aus der Reinigung geholt hat. Irgendwie dreht sich anscheinend alles um Klamotten! Kein Wunder, dass man vor lauter Fashiondetails den Überblick verliert und irgendwann vergisst, was man selbst eigentlich will?

Wo bleibt Melanie nur? Ich wünschte, ich wäre später gekommen, damit ich nicht so verloren herumstehen muss. Oder ich hätte nicht aufgehört zu rauchen. Seit ich nicht mehr rauche, esse ich Nutella, wenn ich mich unsicher fühle, aber ich schätze, hier gibt es keine Chance, an meinen Stoff ranzukommen, deshalb frage ich den Barkeeper erst gar nicht und trinke brav mein Wasser aus.

»Noch eines?«, fragt er.

Ich schüttle den Kopf.

»Gibt es hier auch Cocktails? Irgendwas Süßes?«

Ein Bierbubi schaltet sich ein.

»Wenn du Bock auf was Süßes hast, nimm ihn«, sagt er und deutet auf den Barkeeper.

Die Jungs grinsen und dann werde ich auf einmal von hinten umarmt.

»Komm an mein Herz, mein einziger und treuester Fan«, schreit Melanie in mein rechtes Ohr.

Sie ist überdreht, wenn sie Lampenfieber hat, und vor Lesungen hat sie immer Lampenfieber. Wenn ich es lieben würde, in der Öffentlichkeit zu stehen, wäre ich Schauspielerin geworden, hatte sie bei der letzten Lesung einem Journalisten erklärt, der sich über Melanies Nervosität mokiert hatte. Ich fand das einleuchtend, aber der Journalist schrieb, dass die Autorin unprofessionell sei.

Melanie stellt mich ihrer Agentin vor, die sie im Schlepptau hat, dann zündet sie sich eine Zigarette an. Die Agentin, sie heißt Sarah, steckt sich auch eine in den Mund.

»Das ist ungefähr meine hunderste heute«, seufzt sie.

Sie ist eine attraktive Dunkelhaarige mit wilden Locken und perfekt manikürten Nägeln. Meilenweit von mir und Goofie entfernt.

»Frag mich«, seufzt Melanie zurück.

»Du schaffst das schon«, sage ich, obwohl klar ist, dass Melanie heute nur knapp am Herzinfarkt vorbeisegeln wird. Sarah ist auch keine Hilfe.

»Ist der Kuchenreuter schon da«, hechelt sie aufgeregt, »ich hoffe, er kommt nicht!«

»Kuchenreuter hasst mich«, erklärt Melanie mir, »er schreibt die grässlichsten Kritiken über meine Bücher und ich hasse schlechte Kritiken. Sie sind so deprimierend!«

»Es werden bestimmt auch ein paar nette Journalisten kommen«, verspreche ich und so ist es dann auch.

Die Agentin schleppt ein paar Leute an, die Melanie Fragen stellen. Melanie guckt wie ein verschrecktes Reh, aber die Agentin kennt keine Gnade und schiebt Melanie vor die Kameras. Das Reh wird geknipst. Mit Buch, ohne Buch, mit Blumenstrauß, mit Blumenstrauß und Buch. Sie bemüht sich zu lächeln, atmet dabei aber wie ein Kolibri und hat einen hochroten Kopf. Gerade als ich überlege aufzustehen und in den Raum zu fragen, ob ein Arzt anwesend ist, bittet die Agentin um Ruhe und die Lesung fängt an. Dann verschwindet sie und Melanie sitzt mutterseelenalleine in einem gleißenden Lichtkegel, der ihr knallrotes Gesicht aufleuchten lässt wie eine Verkehrsampel. Sie verzieht den Mund zu etwas, das vermutlich ein freundliches Lächeln sein soll, und dann schlägt sie ihr Buch auf und fängt an, piepsende Laute von sich zu geben. Die Weiberclique ist trotz der viel zu hohen Geschwindigkeit, in der der Text abgespult wird, in der Lage, den Code zu dechiffrieren, denn als ein Gag kommt, gackern sie kollektiv los. Als Melanie weiterliest, hat ihre Stimme die piepsige Höhe verloren und ihr Blutdruck sich so weit stabilisiert, dass ich mich einigermaßen beruhigt in einen Sessel fallen lassen und die Lesung genießen kann. Das Buch handelt von ein paar Leuten, die Silvester zusammen verreisen, was in völligem Chaos endet. Obwohl es witzig ist, kann ich nur selten lachen, weil mir klar wird, dass ich niemals so ein Buch schreiben werde. Ich werde überhaupt nie schreiben. Ich werde bis an mein Lebensende Geschirrspülmaschinen ausräumen und Smokings durch die Gegend fahren, um irgendwann als Rekordhalterin im Nutellaessen in die ewigen Jagdgründe einzugehen. Nennt mich Goofie!

Als die Lesung zu Ende ist, wird eifrig geklatscht und Melanie strahlt wie eine Olympiasiegerin. Es muss ein tolles Gefühl sein, Leute zum Lachen zu bringen. Um keinen Neid aufkommen zu lassen, stelle ich mir vor, wie ich bereits zu Lebzeiten von Nutella mit einer Medaille für besondere Verdienste ausgezeichnet werde. Ich strahle überrascht und erfreut und schiebe dann unter dem Applaus der Aktionäre meinen tonnenschweren Hintern in Richtung Bühne, um meine Rede zu halten. Das alles habe ich nur meiner Familie zu verdanken, sage ich mit Tränen der Rührung, als plötzlich die Bühne unter mir zusammenbricht.

»So ein Schrott!«

Ich zucke erschreckt zusammen. Habe ich etwa laut gedacht?

»Es gibt nichts schlimmeres, als oberflächliche Unterhaltungsliteratur!«

Ich drehe mich um. Der Unterhaltungsfeind ist ein Typ im schwarzen Rollkragenpulli, der sich anscheinend mit mir unterhalten will.

»Sie haben sich vor Lachen auch nicht gerade überschlagen«, sagt er nach Bestätigung suchend.

»Muss man das?«

»Auf keinen Fall. Es ist eher ein Anlass zu weinen, dass solche Bücher eine Leserschaft finden!«

»Ich fand's prima. Witzig!«

»Ich hatte Sie nicht so eingeschätzt, dass Sie zu der Sorte Frau gehören, die witzige Bücher mag!«

»Dafür weiß ich jetzt, dass Sie zu der Sorte Mann gehören, die auf Lesungen geht, um Frauen anzuquatschen.«

Der Typ denkt anscheinend, ich hätte einen Witz gemacht, und lacht laut los.

»Sehe ich so aus?«

»Keine Ahnung? Sie haben mich angequatscht!«

»Ich wollte nur ihre Meinung wissen!«

»Die kennen Sie ja jetzt. Und ich kenne Ihre, und die finde ich nicht gerade nett!«

»Es ist nicht mein Job, nett zu sein!«

»Dann sollten Sie sich einen anderen Job suchen. Oder eine andere Freizeitbeschäftigung, als auf Lesungen zu gehen!«

Der Typ lacht wieder. »Ich wüsste nicht wozu? Ich bin ganz erfolgreich in dem, was ich tue. Immerhin reden Sie mit mir!«

Jetzt muss ich auch lachen, und als er fragt, ob er mir einen Drink ausgeben darf, nicke ich.

»Ich nehme einen Mai Tai.«

»Vielen Dank, dass Sie mein Weltbild wieder in Ordnung gebracht haben«, sagt der Typ grinsend.

Als ich nicht verstehe, was er damit meint, erklärt er mir, dass Frauen, die Mai Tais trinken, dieselben sind, die witzige Bücher mögen, und daraufhin streiten wir uns über Literatur, deren Qualität seiner Ansicht nach am Spaßfaktor zu bemessen ist. Je weniger Spaß man beim Lesen hat, umso besser ist das Buch.

»Wenn das so ist, dann bestellen Sie mir bitte einen Cocktail, der nicht schmeckt«, sage ich.

Aber der Typ findet, dass man Cocktails und Bücher nicht vergleichen kann.

»Bücher müssen wachrütteln«, sagt er, »die Leute zum Nachdenken bringen!«

»Ich persönlich denke andauernd nach«, sage ich, »und es kommt enttäuschend wenig dabei rum. Mir wäre es lieber, man würde weniger denken und mehr lachen!«

Der Typ sagt nichts darauf, und als die Drinks kommen, prosten wir einander zu und unterhalten uns über andere Dinge, die aber alle auf dasselbe hinauslaufen: Die Welt ist ein trostloser Ort, und Bücher sollten Menschen dazu bringen, sich das zu vergegenwärtigen. Ich denke, diese Einsicht verdankt er der Tatsache, dass er auf Lesungen verheiratete Frauen angräbt. Bei dem Weiberclub hätte er mehr Chancen auf Erfolg, aber da traut er sich vermutlich nicht ran. Sie sind eine geschlossene Gesellschaft, in die sich kein Mann freiwillig begeben würde. Also werden die Mädels auf ewig Single bleiben und der Typ schlechte Laune haben. Ich verstehe ihn. Ich wäre auch lieber mit jemandem hier. Mit Olli, denke ich, und dass ich viel zu selten etwas mit ihm unternehme, das nichts mit den Kindern zu tun hat. Oder mit seinem Job, wie die Preisverleihung morgen. Viel lieber als dorthin zu gehen würde ich mit meinem Mann in einer Bar stehen und mich unterhalten. Dann wäre die Welt kein trostloser Ort, und ich müsste mir nicht den Kopf darüber zerbrechen, ob ich Fremdgehen oder den Rekord in Nutella-Essen aufstellen soll?

Als ich den Kulturpessimisten frage, ob er eine Zigarette hat, geht er zum Automaten, um welche zu holen, und im nächsten Augenblick steht Melanie vor mir.

»Und?«

»Toll. Du warst großartig! Gratuliere!«

»Weiß ich schon«, winkt sie ab, »ist ja gut. Wie fand er es?«

»Wer?«

»Kuchenreuter?«

»Keine Ahnung. Wer ist das?«

»Der Kerl, mit dem du die ganze Zeit geflirtet hast!«

»Ich habe mit niemandem geflirtet, spinnst du?«

»Erzähl mir nichts! Der Typ hing total an deinen Lippen.«

»Der hier? Der gerade Zigaretten holen gegangen ist? Der ist eine Schlaftablette. Eine trauriges Schiffchen auf dem Ozean menschlicher Verzweiflung.«

Melanie lacht.

»Das hast du schön gesagt. Und jetzt sei ein liebes Mädchen und sag mir, wie er mein Buch fand?«

Ich bringe es nicht übers Herz, ihr die Wahrheit zu sagen, und behaupte stattdessen, dass wir nicht dazu gekommen seien, über das Buch zu reden, weil der Typ zu sehr damit beschäftigt war, mich anzuflirten.

»Wow«, meint Melanie, »wenn du so einen Schlag bei Journalisten hast, solltest du meine Agentin werden! Die dumme Nuss hat sich schon wieder verdrückt!«

»Lieber nicht, ich würde deine Termine in der Reinigung vergessen!«

»Wie bitte?«

»Nichts. Ich eigne mich nicht zur Agentin! Ich kann überhaupt nichts, außer Putzen und Kinder in die Schule fahren.«

»Nina? Was redest du da für einen Quatsch! Du kannst eine ganze Menge, du hast einfach nur keine Zeit dafür. Du musst lernen, mehr an dich zu denken!«

»Danke, mein Guru, aber das ist nicht so einfach!«

»Doch. Ist es. Du bist jetzt ein braves Mädchen und fängst eine Affäre mit Kuchenreuter an. Dann schreibt er gut über mein Buch und dir ist auch gedient!«

Ich muss lachen. Warum denken die Leute nur, Sex mit fremden Leuten sei die Antwort auf alle Fragen?

Sarah, Cocktailzeit

»Hoch die Tassen, auf die Braut!«

Fünf Gläser unterschiedlicher Farbschattierungen stoßen aneinander, dann herrscht andächtiges Geglucker. Endlich Feierabend!

»Tut das gut«, sage ich, als ich das Glas absetze, »mein Tag war der Obernerv!«

Ich habe keine Ahnung, wie die Sache mit dem Produzenten und dem Luder ausgehen wird, weil der Typ sie nur angestarrt hat wie das Siebte Weltwunder und ich irgendwann losmusste, um die Autorin zu ihrer Lesung zu prügeln. War das ein Stress, bis sie endlich auf der Bühne saß und ich abhauen konnte!

»Schon gut, wir haben alle Jobs«, sagt Paula, »sag mir lieber, warum du kein Fest machst?«

»Weil ich in Las Vegas heiraten will.«

»Na und? Ich wollte endlich mal Brautjungfer sein!«

»Versteh ich. Aber ich will einfach nur einen tollen Tag, und daraus wird nichts, wenn ich eine Party mache, weil Hochzeitspartys grässlich sind. Besonders, wenn unsere Mütter sie organisieren, und das werden sie sich nicht nehmen lassen! Ich will keine Gäste, die sich verkleiden, als müssten sie zu 'nem Bewerbungsgespräch bei 'ner Bank, kein Rumdrücken auf 'nem Amtsflur mit hässlichem Teppichboden, keinen lauwarmen Prosecco, den irgendjemand netterweise mitgebracht, aber blöderweise vergessen hat, in eine Kühltasche zu tun!«

»Und das morgens um elf auf nüchternen Magen«, springt Lynn hilfreich ein.

»Igitt! Und den restlichen Tag quält man sich mit Kopfschmerzen und einer Horde Menschen, die man nicht kennt, die aber miteingeladen wurden, weil sie entfernt mit einem verwandt oder mit Tobias' Eltern im Golfclub sind. Sie haben Mundgeruch und trampeln mir beim Tanzen auf die Zehen, und wenn alles vorbei ist, muss ich mich schriftlich dafür bedanken, dass sie mir statt der vielen tollen Sachen, die auf der Hochzeitsliste standen, den dreiundzwanzigsten hässlichen Toaster geschenkt haben.«

»Wow«, sagt Paula beeindruckt, »die Hölle ist ein Ferienparadies dagegen!«

Ich bin erleichtert, dass zumindest sie keine Einwände mehr gegen Las Vegas hat. Jetzt kommt es nur noch darauf an, Tobias zu überzeugen.

»Meine Hochzeit war genauso«, lacht Teresa, »und noch schlimmer, nur dass der Stress für mich schon losging, als ihr noch alle selig im Bettchen lagt. Mein Friseur arbeitet ja samstags nicht, deshalb musste ich diese Aushilfsfriseuse anheuern, die mich im Morgengrauen aus den Federn gerissen hat, um meine Haare zu machen. So nannte sie das, ein Tarnwort dafür, dass sie mich erst gefoltert und dann dafür gesorgt hat, dass meine Ehe in den Arsch geht, bevor sie überhaupt angefangen hat.«

Theresa ist seit der Uni eine meiner besten Freundinnen und die erste in der Clique, die das Heiraten von ihrer Liste streichen konnte. Sie war auch die erste beim Kinderkriegen, und jetzt wird sie die erste sein, die sich scheiden lässt, denn ihr Mann hat ihr vor kurzem eröffnet, dass er in einer Lebenskrise steckt und sein Therapeut ihm geraten hat, mal eine Weile alleine zu leben, um herauszufinden, ob er sich überhaupt zum Familienvater eignet. Da bereits gelieferte Kinder, wie sonst im Warenverkehr üblich, bei Unzufriedenheit nicht an den Hersteller zurückgegeben werden können, kümmert sich Theresa jetzt allein um die Kinder, während ihr Mann noch darüber nachdenkt, ob er sie überhaupt hätte zeugen sollen?

»Was hat die böse Friseuse denn angestellt?«

»Sie hat ungefähr hundert Jahre gebraucht, um meine Haare zu einem Turm hochzustecken, der vor lauter Haarspray klebrig war wie ein Bienenstock. Dabei hat sie mir ungefähr eine Milliarde Haarspangen in die Schädeldecke gebohrt, dass ich den ganzen Tag Kopfschmerzen hatte. Vor lauter Stress ist ihr so heiss geworden, dass sich unter ihren Achseln...«

»Iiii«, quietscht Isabel.

»Du sagst es«, seufzt Teresa, »jedenfalls wollte sie dann ihre Vokuhilamähne, blonde Strähnen bis zur Arschbacke, zusammenbinden und hat dazu mein Strumpfband benutzt. Das hab ich natürlich erst gemerkt, als sie schon weg war, aber ich sage euch, dass ich kein Strumpfband hatte, war der Anfang vom Ende.«

Alle lachen. Etwas künstlich und zu laut, weil das besagte Ende, das Theresa in den letzten Monaten durchgemacht hat, nicht witzig war. Aber man lacht ja nicht nur, wenn etwas komisch ist. Manchmal lacht man, weil man nicht mehr weinen kann, und das klingt dann so. Wie Hyänengeheul.

Am Nachbartisch sitzt eine andere Weibertruppe und eine Blondine guckt neugierig zu uns rüber. Ich lächle sie an, um ihr zu signalisieren, dass wir freundliche Hyänen sind. Sie lächelt zurück.

»Ich würde das alles sofort über mich ergehen lassen«, seufzt Isabel, »nur damit ich kein Single mehr sein muss. Es so frustrierend!«

»Ich würde heiraten«, meint Paula, »damit ich keine Singles mehr kennen lernen muss. Das ist frustrierend!«

»Willst du lieber mit verheirateten Kerlen ausgehen«, fragt Lynn verwundert, »die haben aber meistens Kinder!«

»Nicht, wenn du dich an meinen Ex hältst«, seufzt Teresa, »der lebt, als hätte er nie welche gehabt!«

»Verheiratete sind auf jeden Fall pflegeleichter als die durchgeknallten Berufssingles, die ich so kennen lerne«, meint Paula, »zumindest haben sie Beziehungserfahrung, während die Dauersingles schon Schuppenflechte kriegen, wenn man nur vorschlägt, nach einer gemeinsamen Nacht zusammen frühstücken zu gehen!«

»Das hört sich toll an«, lacht Teresa, »jedenfalls amüsanter als jeden Tag mit einem Mann, der sich hinter der Zeitung verschanzt hat, zu frühstücken. Wo trefft ihr nur diese durchgeknallten Berufssingles?«

»Im Nachtleben«, sagt Lynn und deutet um sich.

»Ich muss heiraten«, sage ich, »weil ich im Nachtleben nie jemanden kennen lerne.«

»Kein Wunder«, sagt Isabel, »im Nachtleben kann man keine Leute kennen lernen.«

»Sag das nicht«, meint Paula, »ich glaube, ich habe da eine mögliche Bekanntschaft geortet. Ihr entschuldigt mich? Ich muss mal kurz meinen Lippenstift nachziehen.«

Sie steht auf und marschiert in Richtung Klo, doch auf halbem Weg bleibt sie stehen und bückt sich nach ihrer Tasche, die auf den Boden gefallen ist. Zwei Sekunden später ist sie in ein angeregtes Gespräch mit einem Typen verwickelt, über den ich nicht mehr sagen kann, als dass er einen sympathischen Hinterkopf hat. Und er muss witzig sein, denn man kann Paula bis hierher lachen hören.

»Die Frau ist ein Naturtalent«, seufzt Isabel bewundernd, »apropos: Habt ihr Lust, ins Pacha zu gehen? Da legt ein DJ aus Leipzig auf. Muss wirklich gut sein.«

»Na so was«, grinst Lynn, »neuerdings interessieren wir uns für DJs aus Leipzig? Kann es sein, dass ein gewisser Manuel heute Abend im Pacha ist?«

Alle gackern, außer Isabel.

»Wieso denkt ihr, es hätte mit Manuel zu tun?«

Manuel hat Isabel nach ein paar romantischen Abenden in einem psychologisch sehr tiefgründigen Gespräch dargelegt, dass er im Moment nicht offen für eine Beziehung ist. Wie jede Frau, die diesen Text schon einmal gehört hat, müsste Isabel wissen, was er zu bedeuten hat, aber irgendetwas in ihrem Gehirn blockiert, so dass sie auf dieses Wissen nicht zugreifen kann und steif und fest behauptet, dass es sich bei der Abfuhr um eine Art codierte Liebeserklärung handelt.

»Ich weiß, was ihr sagen wollt«, winkt Isabel ab, »aber es liegt nur daran, dass er Angst hat, verletzt zu werden. Es ist ja kein Wunder, wenn man bedenkt, was er mit seiner letzten Freundin durchgemacht hat! Ich hab euch erzählt, dass sie ihn eiskalt hat sitzen lassen, als er mit ihr zusammenziehen wollte!«

Lynn lacht hyänenhaft. »Dazu würde ich gerne mal ihre Version hören! Es könnte ja genau umgekehrt gewesen sein?«

»Wieso unterstellst du Manuel, dass er lügt?«, protestiert Isabel.

»Vielleicht, weil er nicht immer die Wahrheit sagt?«

»Was meinst du damit? Manuel ist total ehrlich.«

»Warum hat er dir dann nicht von Anfang an gesagt, dass er keine Beziehung will?«, kontert Lynn.

»Weil er uns eine Chance geben wollte«, verteidigt Isabel den Lügner ihres Herzens, »aber dann hat er gemerkt, dass er seine Ängste doch nicht überwinden kann!«

»Wie süß«, grinst Theresa, »Manuel wäre der ideale Mann für mich! Nachts etwas angstfreier Sex und pünktlich vor dem Frühstück die Beziehungsphobie, und er ist verschwunden, bevor meine Kinder aufwachen. Das ist doch ideal!«

»Hört, hört«, sagt Lynn, »unsere Ehefrau ist bereit, den goldenen Käfig zu verlassen!«

Theresa lacht wie eine Hyäne.

»Ab sofort will ich nur noch One-Night-Stands«, erklärt die Hyäne munter, »ich wäre doch bescheuert, noch mal einen Mann in mein Leben zu lassen. Wozu auch? Ich hab zwei tolle Kinder und finanziell geht's mir auch besser als je zuvor. Heiraten ist das Ende der Liebe und der Anfang eines dicken Bankkontos.«

»Schön für dich und dein Bankkonto«, sagt Lynn, »aber du redest hier in Anwesenheit einer zukünftigen Braut!«

Theresa guckt schuldbewusst.

»Versteh mich nicht falsch, Sarah«, sagt sie dann, »ich finde es großartig, dass du heiratest. Man muss es versuchen, immerhin kann es ja auch klappen. Nur wer mitspielt, kann gewinnen, und es gibt schließlich Sechser im Lotto. Und selbst wenn es nicht klappt, Ehe ist etwas, das man zumindest einmal gemacht haben sollte, sonst kann man nicht mitreden.«

»Das ist Bunjee-Jumping auch«, sage ich.

»Na klar, aber davon kriegst du nur 'nen steifen Hals, aber keine Kinder und kein Haus!«

Die Hyänen heulen.

In dem Moment wird ein Drink vor meine Nase gestellt.

»Ich habe nichts mehr bestellt«, sage ich zu dem Kellner.

»Er ist von der Dame nebenan.«

Er deutete auf die Blondine am Nachbartisch. Sie lächelt und prostet mir zu. Ich proste zurück. Anscheinend könnte ich Leute im Nachtleben kennen lernen. Wenn ich wollte. Aber ich will nicht. Ich kenne schon genug Hyänen.

»Hör mir gut zu«, sagt Theresa, »mach keine Hochsteckfrisur sondern lieber einen guten Ehevertrag.«

»Ich denke nicht dran! Eheverträge sind total unromantisch.«

»Was glaubst du, wie romantisch sie auf einmal werden, wenn du dich scheiden lässt!«

»Ich werde mich aber nicht scheiden lassen!«

»Und vielleicht kriegst du auch 'nen Sechser im Lotto«, lacht Teresa.

Warum zum Teufel denken bei Hochzeit gleich alle an Scheidung?

Nina, Mitternacht

Als ich nach Hause komme, lümmelt mein Mann auf der Couch und guckt Maischberger.

»Na du«, sagt er ohne die Glotze aus den Augen zu lassen, »schon zurück?«

»Hm«, antworte ich und setze mich neben ihn. Sandra fixiert mich mit ihrem Blick.

»Und, wie war's?«

»Schön.«

»Verstehe. Und mit wem warst du dort?«

»Allein.«

»Du bist anscheinend heute nicht sehr gesprächig?«

Ich seufze, weil ich nicht weiß, wo ich anfangen sollte, gesprächig zu sein. Oliver, wir sollten Hund behalten, nie wieder über Smokings streiten und außerdem bin ich heute fremdgegangen. Ein bisschen nur, eigentlich nicht richtig. Technisch betrachtet war es kein Fremdgehen, weil ich mittendrin festgestellt habe, dass das nicht meine Sportart ist. Dann schon lieber Tennis. Oder Nutella essen.

Ich will Olli fragen, ob er mich noch lieben würde, wenn ich so fett wäre, dass die Bühne unter mir zusammenbricht, aber ich tue es nicht, weil ich nicht sicher bin, ob Olli mich im Moment überhaupt noch liebt?

»Schau dir diese Zimtzicke an«, sagt Olli und deutet auf den Fernseher.

Ich schaue und denke, dass ich kein Tennisgespräch führen kann, wenn Sandra mir dabei ein Loch in den Kopf starrt. Schließlich habe ich keine Beziehung mit Sandra, worüber ich froh bin, weil ich noch nie mit einer Frau zusammen war und Sandra sicher nicht die ist, mit der ich es ausprobieren würde.

Ich würde mich beim Sex noch doofer anstellen als bei Micha, weil ich noch weniger als beim Fremdgehen weiß, wie das Programm mit Frauen üblicherweise abläuft, aber ich kann mir nicht vorstellen, dass Sandra dafür Verständnis hätte. Ich müsste die Nummer durchziehen und einen Orgasmus vortäuschen, damit die Sache schnell über die Bühne geht, woraufhin Sandra mich mit ihrem inquisitorischen Blick so lange foltern würde, bis ich ihr den Fake eingestehe. Und dann wäre ich wieder genau da, wo ich jetzt bin, also, was soll's? Zum Glück für mich hat Sandra heute ein anderes Opfer. Es ist eine dieser Ossi-Superfrauen, die Familie hat und als Politikerin erfolgreich ist. Mehr als eine Affäre mit Sandra würde es mich weiterbringen zu erfahren, wie diese Frau es schafft, ihre Kinder zu versorgen, die in Leipzig zur Schule gehen, und gleichzeitig in Berlin Politik zu machen? Ich wette, sie vergisst auch nicht, Smokings in die Reinigung zu bringen. Aber Sandra interessiert sich nicht für meine Fragen, sie löchert die Frau zum Thema Dosenpfand.

»Wen interessiert das denn?«, will ich von Olli wissen.

»Glaubst du, die trinkt?«, fragt Olli statt einer Antwort.

»Wer? Sandra oder die Politikerin?«

»Sandra.«

»Also, ich würde auf jeden Fall trinken, wenn ich mich im Fernsehen über Dosenpfand unterhalten müsste!«

Olli nickt.

»Sie sieht aufgeschwemmt aus!«

Oliver leidet seit neuestem unter dem Heiner-Lauterbach-Syndrom. Seit Heiner bis auf die Knochen abgemagert ist, versucht Olli, es ihm nachzutun, obwohl ich ihm schon hundertmal gesagt habe, dass ich nicht auf Knochengerüste stehe, schon gar nicht, wenn sie eine Glatze haben. Aber Olli hat sich in den Kopf gesetzt, einen Waschbrettbauch zu züchten, selbst wenn der Preis dafür die Kahlköpfigkeit ist, und foltert mich mit Vorträgen über die mediterrane Küche, die umso gesünder ist, je mehr das Essen vor Olivenöl trieft. Passend zu dieser Diät gibt es Wasser und Fruchtsäfte, weil Heiner ja auch keinen Alkohol trinkt. Das geht an ungefähr drei Tagen in der Woche so und Ollis Laune ist dann nicht mediterran, sondern nordisch unterkühlt, weshalb er die Sanktionen am vierten Tag wieder aufhebt. An solchen Tagen quält ihn dann das schlechte Gewissen, das er bekämpft, indem er auf Leuten wie Sandra herumhackt, die keine Waschbrettbäuche oder Glatzen haben.

»Sandra sieht prima aus«, sage ich, »und ich habe jetzt Lust auf ein Glas Wein. Magst du auch?«

Olli schüttelt den Kopf, doch als ich mich mit meinem Glas zu ihm setze, nimmt er einen Schluck davon. Ich gehe in die Küche und hole ein zweites Glas.

»Was soll das, Nina«, meint Olli, »du weißt, dass ich Diät mache!«

»Der Tag war schon nordisch genug, ich hab keinen Bock auf deine Diät!«

»Der Tag war nordisch? Was redest du für einen Quatsch?«

Ich will gerade sagen, dass ich keinen Quatsch rede, sondern über den Streit von heute Morgen, als er sich zu mir beugt und offenbar die Kälte mit einem Kuss vertreiben will. Ich lege meinen Arm um ihn, aber dann küsst er mich doch nicht, sondern schiebt mich weg.

»Du hast getrunken. Und geraucht!« Wer sagt, dass nur Sandra einen Folterblick hat? »Du rauchst sonst nie!«

»Dafür esse ich Nutella!«

»Echt? Naja, wir machen ja Diät!«

»Ach, so ist, das? Wir machen die Diät nicht deinetwegen, sondern für mich? Du findest mich zu dick und deshalb meckerst du an Sandra rum? Findest du Sandra auch zu dick?«

»Was zum Teufel ist los mit dir, Nina? Bist du betrunken? Wo war die Lesung überhaupt?«

»Im Atomic Café.«

»Seit wann treibst du dich in Teenieschuppen herum? Hast du 'ne Midlifecrisis?«

»Ich war auf Melanies Lesung, das hab ich dir erzählt!«

»Du kannst mir viel erzählen, wenn der Tag lang ist! Im Grunde machst du doch, was du willst, und kein Mensch kann das kontrollieren.«

»Willst du mich kontrollieren?«

»Ich frage mich nur, weshalb du Zeit hast, auf Lesungen zu gehen, aber keine, um Sachen für mich zu erledigen?«

»Ich hab deinen blöden Smoking in die Reinigung gebracht, falls du das meinst!«

»Aber erst nachdem ich gemeckert habe!«

»Vielleicht würde ich es ja lieber tun, wenn du nicht meckern würdest!«

»Schieb nur mir die Schuld zu! In Wirklichkeit ist genau so, wie ich sage. Du hast keinen Bock, irgendwas für mich zu tun. Ich wette, du hast dir schon eine Ausrede zurechtgelegt, weshalb du mich morgen nicht zum Filmpreis begleiten kannst!«

»Das ist 'ne Unterstellung! Natürlich begleite ich dich, und den Smoking habe ich nur vergessen, weil Hund meinen Zeitplan durcheinander gebracht hat.«

»Der Hund? Ist dir der Hund schon wichtiger als ich?«

»Kackst du auch in den Garten, wenn ich nicht mit dir spazieren gehe?«

»Der Hund nervt. Er muss weg.«

»Olli, das geht nicht. Lucas will ihn behalten.«

»Sagst du mir, wer Micha ist?«

»Wie kommst du denn jetzt darauf?«

»Lucas hat mir erzählt, dass du mit einem Micha smst. Warum erzählst du mir nichts davon?«

»Erzählst du mir von jedem Menschen, mit dem du den lieben langen Tag lang redest?«

»Wenn es wichtig ist, tue ich es.«

»Dann sag mir, warum du heute so spät nach Hause gekommen bist, obwohl du wusstest, das ich zur Lesung musste.«

»Du tust so, als würde ich arbeiten, um dich zu ärgern! Ich musste mich mit einer Möchtergernschauspielerin und deren Agentin treffen. Das gehört nun mal zu meinem Job. Und leider hab ich die Frau dann nicht schnell genug von der Backe gekriegt.«

»Ich dachte schon, ich kann nicht zu der Lesung. Dabei ist es mir echt wichtig, hin und wieder mal was für mich zu unternehmen.«

Ich weiß nicht, was ich sagen soll, deshalb nehme ich noch einen Schluck Wein. Olli guckt mich prüfend an. Wie Sandra.

»Ist er der Grund, weshalb du in letzter Zeit so zickig zu mir bist?«

»Ich bin nicht zickig!«

»Wer verdammt noch mal ist Micha?«

»Er ist ein Typ, mit dem ich was schreiben will.«

»Du brauchst keinen wildfremdem Typen, um zu schreiben. Das kannst du auch alleine!«

»Ich kann aber nicht so gut mit mir alleine über Ideen reden.«

»Du hast mich. Rede mit mir.«

»Du hast ja nicht mal die Geduld, über Hund zu reden.«

»Über den Hund gibt es auch nichts zu reden.«

»Doch. Dein Sohn hängt an ihr. Er wünscht sie sich zum Geburtstag.«

»Lucas kriegt 'ne Playstation. Das reicht!«

»Er will aber keine Playstation.«

»Sein Pech. Ich hab die Playstation schon gekauft und außerdem hab ich den Hund in der Firma ans schwarze Brett gehängt. Mit Foto.«

»Ich wusste gar nicht, dass wir Fotos von Hund haben?«

»Die hab ich neulich gemacht, als wir im Englischen Garten waren. Da gibt's ein ganz nettes, wie du den Hund kraulst.«

»Ich hänge in deiner Firma aus? Willst du mich auch loswerden?«

Olli grinst und nimmt einen Schluck Wein.

»Dich krieg ich nicht los, du bist zwar auf den ersten Blick ganz hübsch, aber auf den zweiten verdammt schwierig!«

»Ich? Ich bin nett und pflegeleicht. Viel zu sehr! Weißt du eigentlich, wann ich das letzte Mal etwas nur für mich getan habe? Etwas, das nichts mit der Familie zu tun hat?«

»Heute Abend.«

»Ich meine richtig. Dauerhaft. So, wie du deinen Job hast.«

»Du willst meinen Job? Weißt du, wie öde es ist, jeden Tag ins Büro zu latschen und die Stunden abzusitzen, bis man wieder nach Hause darf?«

»Ich will nicht deinen Job, sondern *einen* Job.«

»Du hast einen Job. Du schreibst Drehbücher!«

»Das ist doch kein Job! Das ist Wortsklaverei.«

»Dann hör auf damit. Wir brauchen das Geld nicht. Steuerlich lohnt es sich überhaupt nicht, und wenn du nicht arbeiten würdest, hättest du mehr Zeit für mich.«

»Du willst, dass ich vierundzwanzig Stunden am Tag nur für dich da bin? Als deine persönliche Sklavin?«

Olli lacht. »Damit könnte ich leben.«

Ich muss auch lachen.

»Mensch Nina, warum hab ich in letzter Zeit das Gefühl, dass wir nicht am selben Strang ziehen? Es hat doch einen Grund, dass du mich total hintanstellst. Warum tust du das? Warum unterstützt du mich nicht? Zum Bespiel bei der Diät?«

»Das tue ich doch! Ich hab schon so viel Olivenöl intus, dass ich im Kühlschrank mehrere Monate haltbar bin und dann als Antipasto serviert werden kann!«

»Siehst du? Du machst dich lustig darüber. Über mich und Heiner Lauterbach.«

»Weil es zum Totlachen ist!«

»Ist es nicht!«

»Ist es doch!«

Olli beugt sich zu mir und hält mir mit der Hand den Mund zu. Ich beiße ihm in den Finger und er lässt mich los.

»Autsch!« Olli guckt mich vorwurfsvoll an.

»Tut mir leid! Wenn du willst, bin ich jetzt für dich da. Als deine persönliche Sklavin?«

Olli lacht und im nächsten Moment küssen wir uns. Kein Mann küsst so gut wie meiner, und selbst, wenn das nicht so wäre, wenn es irgendwo in Afrika oder Alaska einen Mann gäbe, der so gut küsst wie Olli, würde er nicht so sexy riechen wie er. Ich tauche in Ollis Küsse und Geruch ein und lasse mich fallen. Das kann ich nur bei ihm, nicht bei fremden Männern, die an meinem Slip knabbern. Wir treiben in der vertrauten Blase aus Lust davon, und als wir weit genug von Sandra und unserem Zuhause entfernt sind, knöpfe ich Ollis Hose auf und nehme das bekannte Teil in die Hand. Olli stöhnt lustvoll auf, dann ziehe ich ihm Hose und Shirt aus.

»Nina, findest du mich zu dick?«

Wieso denkt er ausgerechnet jetzt an Heiner Lauterbach? Statt einer Antwort setze ich mich auf seinen Schwanz. Diesmal stöhne ich auf, anscheinend zu laut.

»Die Kinder«, sagt Olli und schiebt mich weg, »lass uns ins Schlafzimmer gehen.«

Als wir uns aufs Bett fallen lassen, ist ein Quietschen zu hören und dann ein Fluch von Olli.

»Los, raus hier«, schimpft er und versucht Hund, die sich in die Decken vergraben hat, vom Bett zu scheuchen. Aber Hund verteidigt ihr Territorium hartnäckig, woraufhin Olli sie samt Decken in den Flur verfrachtet. Als er die Türe schließt, jault Hund so laut, dass ich fürchte, die Kinder werden wach.

»Der Hund muss weg«, sagt Olli verärgert.

»Oder die Kinder«, gebe ich zu bedenken.

Olli lacht. Er sieht dabei so sexy aus, dass ich unmöglich auf die Szene verzichten will, die an Hund und Kindern zu scheitern droht. Aber wozu bin ich Autorin, wenn ich sie nicht in ein andres Set umschreiben kann?

Eine Sekunde später hat Hund das Bett zurückerobert und ich schleiche mich mit Olli im Schlepptau in die Garage.

»Was sollen wir hier«, fragt er konsterniert.

Ich ziehe ihn ins Auto.

»Stell dir vor, wir sind am Gardasee ...«

Olli guckt mich misstrauisch an: »Ich bin inzwischen ein paar Jahre älter geworden. Und unbeweglicher!«

»Dafür hast du auch ein größeres Auto!«

Meine Argumente scheinen ihn nicht zu überzeugen, deshalb versuche ich es mit Taten. Das wirkt. Sex ist zwar nicht die Antwort auf alle Fragen, aber man vergisst sie wenigstens dabei.

Sarah, mitten in der Nacht

Als ich aus dem Nektar an die Erdoberfläche krieche, gießt es wie aus Kübeln. Ich habe keinen Schirm dabei, wie immer, wenn es regnet, aber zum Glück gibt es ja Taxis.

»Zum Gärtnerplatz, bitte!«

Der Fahrer antwortet nicht, scheint aber unserer Sprache mächtig, denn er lässt den Motor an, und kurze Zeit später schleichen wir über die Isarbrücke.

An der Ampel bei der Muffathalle steht eine Gestalt, die mir bekannt vorkommt. Ich kurble das Fenster runter.

»Mark!«

Eine Sekunde später sitzt der bestaussehendste Partylöwe der Stadt neben mir und schüttelt sich wie ein nasser Hund. Er ist auf dem Weg zu einer Sex in The City Party im P1 und will, dass ich ihn begleite.

»Hast du Lust?«

Ich habe, aber der Taxifahrer nicht.

»Das hätten sie mir gleich sagen müssen«, brummt er, »dann wäre ich rechts abgebogen.«

»Das hätte ich, wenn ich es gleich gewusst hätte«, kontere ich.

Der Taxifahrer brummt missbilligend, entschließt sich aber gnädigerweise, abzubiegen. Mark erzählt, dass er sich ein neues Handy gekauft hat, mit dem man alles machen kann, außer Weißbrot toasten, als meines plötzlich bimmelt. Ich nehme an, es ist Tobias, der mir von seiner Fressorgie mit den Mailändern berichten will, aber es sind die Hyänen.

»Bist du abgehauen, weil wir dich mit dem Gerede über Theresas geplatzte Ehe frustriert haben«, will Isabel wissen.

»Schon gut. Wir müssen sie ja bei Laune halten.«

»Du weißt, dass wir dasselbe für dich tun werden. Würden, meine ich.«

Ich seufze und Isabel will jetzt auflegen, doch als sie mitkriegt, dass ich mit Mark im Auto sitze, sagt sie, wir sollten doch im Pacha vorbeikommen und Manuel begutachten. Mark ist einverstanden.

»Der Haufen sexuell unterversorgter Tussen im P1 hätte mich sowieso überfordert«, sagt er.

»Dann bist du ja bei uns goldrichtig!«

Mark lacht, aber der Taxifahrer hat ein Problem damit, wieder umzudrehen. Er meckert die ganze Rosenheimer Strasse entlang über Leute, die sich nicht entscheiden können, wo sie hinfahren wollen, woraufhin Mark ihm erklärt, dass der Taxameter nach Kilometern abrechnet und er umso mehr verdient, je länger wir im Kreis fahren. Der Taxifahrer meint daraufhin, er würde sich von einer Schwuchtel nicht sagen lassen, wie sein Job funktioniert. Da wir gerade an einer roten Ampel stehen, beschließen Mark und ich, die freundliche Dienstleistung nicht weiter in Anspruch zu nehmen, und steigen aus. Der Fahrer tut dasselbe und schreit uns hinterher, dass er unser Geld will.

»In seiner Sprache heißt das: Danke dafür, dass ihr mir 'ne Klage wegen sexueller Diskriminierung erspart habt«, grinst Mark und ein paar Sekunden später tauchen wir ins Pacha ein.

Die Hyänen stehen an der Bar, bis auf Theresa, die nach Hause gegangen ist, um den Babysitter abzulösen.

»So lernt sie nie einen anständigen Beziehungsphobiker kennen«, lacht Lynn.

Als Ersatz für Theresa ist die spendierfreudige Blondine aus dem Nektar mitgekommen.

Sie heißt Britt und fotografiert für Klatschmagazine. Da sie auf ihren Arbeitswegen durch das Münchner Nachtleben offenbar Manuel regelmäßig begegnet, hat Isabel sie ins Kreuzverhör genommen, und die beide sind in ein so intensives Gespräch verwickelt, dass ich keine Chance habe, mich einzuklinken. Also erkundige ich mich bei Paula, wo ihr Handtaschenflirt abgeblieben ist.

»Wer?«

»Na, der witzige Typ aus dem Nektar?«

»Wieso glaubst du, dass der witzig war?«

»Weil du dich halb totgelacht hast, als du dich mit ihm unterhalten hast.«

»Ach so, das. Mein falsches Lachen. Das mach ich immer, wenn die Typen schüchtern sind. Es lockert sie auf.«

»Oder es jagt ihnen den Schreck ihres Lebens ein.«

Paula lacht ein echtes Lachen.

»In diesem Fall hat's gewirkt. Wir gehen morgen ins Kino.«

»Wow!«

»Er sah sympathisch aus«, meint Lynn.

»Hat er dir Fotos von seinen Kindern gezeigt«, frage ich, »oder was hat dich angetörnt?«

Britt guckt verwundert, aber Lynn lacht nur.

»Mach dich nur über meine brachliegenden Mutterinstinkte lustig! Aber keine Sorge, ich bin über Mister Dad hinweg. Jetzt ist mir zur Abwechslung mal wieder nach einem stressfreien Mann!«

»Gibt es das?«

Das war Paula.

Alle lachen.

»Na klar«, meint Lynn, »jeder Mann ist stressfrei, solange die Frau keine Beziehung will!«

Lynn arbeitet an einer Typologie beziehungsunfähiger Männer, die wie eine Untersuchung von Stiftung Warentest klingt, nur dass es noch keine endgültigen Bewertungen gibt, weil Lynn sich noch nicht entschieden hat, welcher Typus für eine unverbindliche Spaß-Affäre am besten geeignet ist. Die Tests laufen noch.

Am häufigsten landet sie beim Szenebubi, weil der im Nachtleben am meisten vertreten ist. Er ist pflegeleicht, solange man ihn artgerecht in seinem natürlichen Umfeld, den Bars und Diskos, hält. Bei hellem Tageslicht und fern von Drinks und Drogen, wird dieser Typus scheu und zieht sich zurück, was für eine Frau wie Lynn, die gerne alleine frühstückt, sehr angenehm ist. Am zweithäufigsten trifft sie auf den Blender, mit dem Beziehungen daran scheitern, dass er geschäftlich viel unterwegs ist. Der Blender kann in der Kennenlernphase etwas anstrengend sein, weil er sich dauernd beweisen muss und viel Aufmerksamkeit braucht, aber wenn frau ihm das Gefühl gibt, dass sie seine Uhr, sein Auto, seinen Job wahnsinnig bewundert, blüht er auf und wird sehr zutraulich. Unter der Woche braucht er viel Schlaf, weil er am nächsten Morgen die Sieben-Uhr Maschine nach Sonstwohin nehmen muss, aber wenn du am Wochenende mit ihm ausgehst, taucht er pünktlich auf und übernimmt gerne die Rechnung, weil er sie steuerlich absetzen kann. Ein weiterer, häufig im Nachtleben vertretener Typ ist die Träne. Die Träne ist frisch getrennt und auf der Suche nach Trost für seine verletzte Seele. Hört sich stressig an, ist es aber nicht, solange frau Gespräche mit der Träne vermeidet. Der Vorteil der Träne ist ihre Verfügbarkeit. Die Träne geht überallhin mit ohne zu klagen, egal, ob es sich um ein berufliches Abendessen mit den langweiligen Kollegen oder einen turkmenischen Film mit finnischen Untertiteln handelt, weil sie dankbar für jede Form der Ablenkung ist. Insbesondere für körperliche Zuwendung, in die sie ihre Leidenschaft kanalisiert, was sie zu einem tollen Liebhaber macht. Solange man, wie gesagt, nicht mit ihr redet! Dazu gibt es zum Glück den Denker, der intellektuelle Gespräche schätzt und dafür sexuell anspruchslos ist, was ihn zu einem idealen Date für einen Happy-Hour-Drink am Mittwoch macht, wenn man zwar schon ein bisschen ausgehen, aber das Wochenende noch nicht offiziell einläuten will. Am Wochenende trifft man sich mit dem Blender oder, wenn man es etwas abenteuerlicher will, dem Schnösel. Der Schnösel ist hauptberuflich Sohn und verfügt über Kontakte nach Kitzbühl oder Sylt, wohin er einen gerne mitnimmt, sofern man ihm nicht bei der Suche nach der gesellschaftlich adäquaten Partie zum Heiraten behindert. Unternehmungen zu zweit sind mit dem Schnösel dringend zu meiden, denn er ist ohne gesellschaftliches Dekor ein Langweiler. Er ist nur auf Partys mit anderen Schnöseln so richtig in Form. Für das einfache Vergnügen gibt es das Tier, den dauergebräunten Muskelmann mit Vorliebe für Quickies und Pizza danach, sowie die diversen Mischformen. Kein Wunder, dass Lynns Untersuchungen sich noch hinziehen!

»Und welcher Typ ist Manuel«, fragt Isabel.

Mark meint, dass er etwas von einem Tier hat, aber Lynn und ich finden, dass Manuel eine Träne ist.

»Einigt euch gefälligst«, sagt Isabel, »ich brauche eine klare Strategie, wie ich ihn rumkriegen kann.«

»Erklär mir lieber, wieso du ihn überhaupt rumkriegen willst?«

Isabel ignoriert Britts Einwand. Ihr Blick hängt verträumt an Manuel, der seinen knackigen Körper auf der Tanzfläche zur Schau stellt. Um den Hals trägt er eine Goldkette à la Puff Daddy.

»Eindeutig ein Tier«, sagt Mark, »der braucht 'ne Frau, die ihn an die Leine legt. Das Halsband hat er ja schon.«

»Ist es nicht süß, was er alles tut, damit ich ihn beachte«, sagt Isabel verliebt.

»Was tut er denn?«

»Der tanzt doch nur mit der Tusse, um mich eifersüchtig zu machen!«

Manuel legt den Arm um die besagte Tusse und zieht sie eng an den Tierkörper heran.

»Aber den Gefallen tu ich ihm nicht«, sagt Isabel und lacht hyänenmässig.

»Vielleicht steht er ja wirklich auf die Frau«, meint Britt.

An Isabels Gesichtsausdruck erkenne ich, dass ihre neue Freundschaft mit Britt in diesem Moment von ersten Gewitterwolken überschattet wird. Isabel bastelt sich die Welt nach ihren Vorstellungen zurecht und schätzt es nicht, wenn diese infrage gestellt werden.

»Quatsch«, zischt sie Britt an, »der Typ ist verrückt nach mir!«

»Dann hat er eine seltsame Art, dir das zu zeigen«, meint Britt nüchtern, als Manuel seine Zunge im Rachen der Tusse versenkt.

Aber Isabel ist auch durch empirische Tatsachen nicht von ihren Vorstellungen abzubringen, und das Erstaunliche ist, dass sie am Ende oft recht behält.

»Er weiß nur noch nicht, dass er auf mich steht, das ist alles«, sagt sie, »weil das Gefühl ganz tief vergraben ist.«

Britt hat anscheinend kapiert, dass es Zeit ist, die Klappe zu halten, und Mark, dass es Zeit ist, die Wirklichkeit Isabels Vorstellungen entsprechend zu beeinflussen.

»Wenn du das Tier unbedingt haben willst«, sagt er trocken zu Isabel, »müssen wir etwas tun, bevor es mit seiner Beute verschwindet.«

»Was willst du denn tun«, fragt Lynn, »etwa seine Zunge aus ihrem Mund operieren?«

»Lass einfach Onkel Mark an die Arbeit!«

Damit nimmt er mich an die Hand und zieht mich auf die Tanzfläche. Die Musik gefällt mir, und ich will gerade loslegen, als mein Tänzer mich eiskalt stehen lässt und stattdessen Manuels Beute antanzt. Die Beute lächelt ihn geschmeichelt an.

Es ist wie immer.

Die Frauen fliegen auf Mark, schließlich steht ihm nicht auf die Stirn geschrieben, dass er kein Interesse an ihnen hat. Mark ist wunderschön, kleidet sich toll und bewegt sich noch besser. Oberflächlich betrachtet würde er in die Kategorie Schnösel passen, mit der Einschränkung, dass er auch ohne Partydekor interessant und nicht auf der Suche nach einer guten Partie ist. Mark ist auch ohne Heirat flüssig genug, um eine Familie zu ernähren, die er aber nie haben wird, denn Mark ist impotent. Es ist ein böser Streich der Natur, die in ihrem Job versagt hat, einem ihrer edelsten Exemplare zur Fortpflanzung zu verhelfen. Aber Mark hat längst aufgehört, mit seinem Schicksal zu hadern, umso mehr tun es die Frauen, die sich reihenweise in ihn verlieben, weil sie ein Geheimnis um ihn wittern und sich herausgefordert fühlen, es zu lösen. Aber es gibt nichts zu lösen. Mark ist kein Kreuzworträtsel und es gibt keinen Preis zu gewinnen.

Die Beute weiß das noch nicht. Sie genießt es sichtlich, von zwei schönen Männern umtanzt zu werden, und es ist nur eine Frage der Zeit, bis sie das etwas tumbe Tier gegen den geheimnisvollen Fremden austauscht.

Da ich jetzt keinen Tänzer habe, bin ich offen für Angebote, und da wankt auch bereits eines in Verkörperung eines Leonardo di Caprio-Verschnitts mit Hüfthosen auf mich zu. In Ermangelung eines besseren Angebots und weil ich nicht gerne alleine tanze, wippe ich mit dem Bubi. Als das Lied zu Ende ist, gehen wir zu den anderen an die Bar. Bubi erweist sich als Schnösel, der eine Wohnung in Cannes hat und eine Frau sucht, die ihn dort am Wochenende auf eine Party begleitet. Dabei guckt er mich an und sagt, der Privatflieger seines Vaters würde uns hinbringen. Angesichts des Regenwetters klingt das Angebot nicht schlecht, sofern man Lust hat, wegen Verführung Minderjähriger belangt zu werden. Ich denke, Väter mit Privatflugzeugen können sich bessere Anwälte leisten als ich, und lehne das Angebot dankend ab. Im Unterschied zu seinen älteren Geschlechtsgenossen, die der Meinung sind, das Nein einer Frau sei eine Aufforderung, sich umso hartnäckiger festzubeißen, ist Bubi ein guter Verlierer.

»Kein Thema«, sagt er und trollt sich wieder auf die Tanzfläche.

Die Lage an der Bar ist unverändert. Lynn und Isabel starren wie hypnotisiert auf die Tanzfläche, Britt steht etwas verloren daneben und ertränkt sich in Cosmopolitans.

»Warum wolltest du denn vorhin so eilig weg«, fragt sie mich, »nicht gerade höflich, wenn man einen Drink spendiert bekommen hat?«

Ich erzähle ihr nichts von dem frustrierenden Scheidungsgespräch, sondern behaupte, dass ich eigentlich todmüde bin und morgen jede Menge Termine habe, was in Wirklichkeit total übertrieben ist, weil ich mich nur mal wieder in der Agentur blicken lassen muss, damit die Sekretärin nicht vergisst, wie ich aussehe, und eine Autorin besuchen, die Melanie mir vorhin vorgestellt hat und von der sie meint, ich solle sie vertreten. Ich habe zwar keine große Lust, schon wieder Energien in jemanden zu stecken, der mir möglicherweise nie Geld einbringt, aber in Zeiten wie diesen muss man alles versuchen, um Geld zu verdienen, zumal der Termin mit dem Luder ein Flopp war. Sie hatte natürlich den Mund nicht gehalten und in der Hoffnung, einen finanzkräftigeren Sponsor als Hubert aufzutun, den Produzenten mit ihren SSS-Lauten gefoltert. Jedes Mal, wenn sie den Mund auftat und samt ihrem schwer erträglichen Charme feuchte Laute auf ihn versprühte, rückte das Bild meiner neuen Couch in weitere Entfernung. Aber das erzähle ich Britt nicht.

»Wie heißt die Frau«, fragt Britt, »wenn du meinst, dass sie 'ne Rolle in der Serie kriegt, bring ich sie in die Bunte.«

Um unsere gute Kooperation zu feiern, bestellt sie noch mal zwei Drinks, und wir prosten uns gerade zu, als Manuel von der Tanzfläche kommt. Isabel, die auf ihn gewartet hat, wie die Spinne in ihrem Netz, empfängt ihr Opfer mit hungrigem Blick.

»Na Süßer, hast du Spaß«, erkundigt sie sich scheinheilig,

obwohl ziemlich offensichtlich ist, wie frustriert Manuel darüber ist, dass Mark ihm seine Beute abgejagt hat. Er hat seine Tierhaftigkeit verloren und ist jetzt eindeutig eine Träne, doch im Gegensatz zu Lynn, die Gesprächen mit Tränen aus dem Weg geht, sieht Isabel genau darin ihre Chance, den Mann ihres Herzens, oder welchen Körperteils auch immer, zu ködern.

»Wollen wir irgendwohin gehen, wo wir reden können«, fragt sie listig und die Tierträne nickt. Kurz darauf sind sie verschwunden, aber wie ich Isabel kenne, ist Reden das Letzte, was sie heute Abend mit Manuel vorhat. Kaum sind sie weg, taucht Mark auf.

»Na, wie war ich?«

»Gute Arbeit«, sage ich anerkennend.

»Da mein Job auf Erden getan ist, werde ich jetzt gehen«, grinst der Held der Arbeit, »und zwar schnell, bevor meine Tänzerin es merkt!«

Sein Timing war gut, denn er ist gerade verschwunden, als sich das Gesicht der Tänzerin durch die Menge schält. Da ich zu müde bin, um ein Gespräch mit ihr zu führen, verdrücke ich mich aufs Klo.

Ich lege gerade Parfum nach, als Britt reinkommt. Sie stellt sich neben mich und guckt mir wortlos zu. Als ich fertig bin, dreht sie sich ganz plötzlich zu mir um und küsst mich mitten auf den Mund. Er schmeckt weich und nach Kirsche. Ich liebe den Geschmack von Cosmopolitan, aber ich mag es nicht, auf dem Klo von fremden Leuten überfallen zu werden.

»Das wollte ich schon den ganzen Abend tun«, sagt Britt, als der Überfall vorbei ist, und lächelt mich an, »gib zu, dass es dir genauso geht! Ich hab dir doch schon im Nektar gefallen, als du mich so süß angelächelt hast!«

Ich bin so platt, dass ich nicht weiß, wie ich reagieren soll. Wenn Britt ein Mann wäre, würde ich sagen, dass er keine Ahnung von Frauen hat, und ihm ein Getränk über die Hose kippen. Aber ich habe kein Getränk zu Hand, und außerdem ist Britt eine Frau. Also stehe ich etwas ratlos herum, als mir das Schicksal zu Hilfe kommt, das in Gestalt von Lynn reinstürzt und die gleichgeschlechtliche Idylle stört. Sie ist käseweiß.

»Mir ist schlecht«, stöhnt sie, obwohl keine Erklärung nötig wäre, denn im nächsten Moment hängt sie über dem Waschbecken und kotzt sich die Seele aus dem Leib.

»Ich trinke nie wieder Alkohol«, sagt sie, als die Farbe in ihr Gesicht zurückkehrt, »solange ich lebe!«

Britt hat anscheinend kapiert, dass unsere Beziehung wenig Aussicht auf Erfolg hat, jedenfalls ist sie verschwunden und wird auch an der Bar nicht mehr gesichtet, so dass ich ihre hundertachtzigtausend Cosmopolitans mitbezahlen muss, inklusive derer, auf die sie mich eingeladen hat. Es ist ein trauriger Abend für meine Kreditkarte. Nur Marks Tänzerin hat es noch schwerer.

»Männer sind Schweine«, sagt sie und kippt den Rest von Britts Cocktail in sich hinein.

»Frauen auch«, gebe ich zu bedenken.

Nina, Donnerstagmorgen, halb acht

»Hast du mit Papa wegen dem Hund geredet«, fragt Lucas.
Ich drücke ihm sein Pausenbrot in die Hand.
»Sorry. Ich war gestern zu müde!«
Es hätte Sandra nur eine knappe Folterfrage gekostet, mir ein Geständnis zu entlocken, aber Lucas hat zum Glück keine Haare auf den Zähnen.
»Schon gut, Mama«, sagt er großzügig, »dann machst du's eben heute Abend.«
Olli kommt dazu.
»Heute Abend macht Mama gar nichts. Heute Abend ist der Filmpreis!«
»Schon gut«, sage ich.
»Haben wir einen Babysitter?«
»So gut wie.«
»Was soll das heißen?«
»Ich warte noch auf den Rückruf.«
»Nina!«
Er guckt mich verärgert an.
»Mach dir keine Sorgen«, sage ich, »es wird alles gut! Der Babysitter wird kommen, und wirst mit einer charmanten Frau an deiner Seite, die eine Wahnsinnsglitzerklamotte trägt und perfekt gestylte Haare hat, einen super Abend haben und einen Preis einsacken, den ich auf den Kaminsims stellen werde, damit unsere Gäste vor Neid erblassen.«
»Ich bin schon zufrieden, wenn du nur mitkommst!«
Olli haucht mir irgendwo zwischen Nase und Ohr einen kinderverträglichen Kuss hin, dann zieht er mit Lucas ab. In die Welt der Deals und der Fußballsticker.
Als sie weg sind, räume ich das Frühstücksgeschirr in die

Maschine und dann kommt Maja aus dem Bad und wir fahren zur Kinderärztin.

Ich glaube nicht mehr, dass Majas Bauchschmerzen lakritzebedingt sind, und will das abklären. Danach habe ich einen Friseurtermin, um mich für heute Abend stylen zu lassen. Ich habe vor, so umwerfend auszusehen, dass mein Mann stolz auf mich ist und sich wieder daran erinnert, weshalb wir geheiratet haben. Es ging um Romantik und einen Himmel voller Geigen, Streitereien um Smokings und Hunde waren in unserem Plan nicht inbegriffen.

Maja und ich verbringen eine Ewigkeit im Wartezimmer, wo wir lesen, dass Sarah Connor ihren Hintern zu dick findet und Prinzessin Mette Marit magersüchtig ist. Oder umgekehrt. Zehn Promis und genauso viele Neurosen später dürfen wir endlich ins Allerheiligste, wo sich rausstellt, dass die Aufklärungsseiten in der Bravo die längste Zeit eine rein theoretische Bedeutung für Maja hatten. Auch wenn es noch eine Weile dauern wird, bis sie beim Cunnilingus angelangt ist, die dazu nötigen Hormone sind in der Mache.

»Du wirst demnächst deine erste Periode kriegen«, sagt die Ärztin, »weißt du, was das bedeutet?«

»Na klar«, nickt die fleißige Bravo-Leserin, »ich hab 'ne Ausrede, wenn ich nicht zum Turnen will.«

Ich hätte es dabei belassen, aber die Ärztin ist scheinbar eine Verfechterin der These, dass man Kindern gegenüber ehrlich sein sollte.

»Man kann mit der Periode alles tun«, sagt sie trocken, »auch turnen. Es bedeutet nur, dass dein Körper sich verändert und du eine Frau wirst.«

Genauso gut hätte sie ihr sagen können, dass es kein Christkind gibt und Schokolade mit Schweineblut gemacht wird!

Maja guckt mich hilfesuchend an: »Muss das sein?«

Damit hat die Ärztin ihren Job getan, und es liegt an mir, das Porzellan zu kitten, das sie zerschlagen hat.

»Willkommen im Club«, strahle ich Maja an, als wir mit gemischten Gefühlen die Praxis verlassen und ins Auto steigen.
»In welchem Club?«, fragt sie.
»Na, im Club der Frauen. Du wirst jede Menge Spaß haben!«
»Das merk ich«, stöhnt Maja und hält sich den Bauch.
Ich kann ihr nicht verdenken, dass sie auf meine Show nicht entsprechend reagiert, was mich aber nicht dazu bringt, den Text zu ändern. Ein besserer fällt mir auf die Schnelle nicht ein.
»Doch. Glaub mir, es ist toll, eine Frau zu sein!«
»Was soll daran so toll sein? Dass wir Kinder kriegen können? Das tut bestimmt noch mehr weh als jetzt. Ich kann heute nicht in die Schule!«
»Du spinnst wohl?«
Maja seufzt. »Zieht das immer so, wenn man seine Periode kriegt?«
»Natürlich nicht, keine Sorge. Ich spüre es überhaupt nicht mehr. Ich bin allerhöchstens ein bisschen müde. Naja, und manchmal etwas nah am Wasser gebaut.«
»Na toll! Man ist 'ne müde Heulsuse mit Bauchschmerzen und muss trotzdem zum Turnen. Wenn das so ist, will ich lieber ein Mann sein.«
»Für die Entscheidung ist es jetzt ein bisschen spät! Außerdem ist es besser, Mutter zu werden als Vater, weil die Mütter zumindest sichergehen können, dass die Kinder von ihnen sind.«
Maja guckt mich mit großen Augen an.
»Willst du mir jetzt sagen, dass Papa nicht mein Papa ist? Das ist ja der Hammer!«
Ich seufze und nehme mir zum hundertsten Mal vor, die pädagogischen Fähigkeiten anderer Leute nicht zu kritisieren, solange meine eigenen nicht besser sind. Obwohl ich verstehe,

dass Maja angesichts der Umstände lieber ein Mann wäre, weil ich im Moment auch lieber im Büro sitzen und meine Sekretärin ärgern würde, als einer Dreizehnjährigen zu erklären, was so prima daran ist, die Periode zu kriegen, versuche ich es noch mal.

»Olli ist dein Vater, keine Sorge. Ich wollte dir nur ein Beispiel dafür geben, wieso es toll ist, zum Club zu gehören.«

»Das war kein gutes Beispiel.«

»Ich weiß. Sorry. Aber ich hab bessere: Als Frau darfst du mit lackierten Nägeln rumlaufen ohne dafür schräg angeguckt zu werden. Du darfst hochhackige Schuhe tragen.«

Maja schweigt, um die Optionen zu überdenken.

»Du darfst bei einem Schiffsunglück als erste ins Rettungsboot.«

»Warum glaubst du, dass ich ein Schiffsunglück haben werde?«

»Wirst du nicht. Aber wenn du eines hättest, würdest du vor den Männern gerettet werden.«

»Wie in Titanic, wo der Mann im Eiswasser erfriert und die Frau ihm dabei zugucken muss? Echt geil!«

»Du bist hübscher und musst nicht mit Haaren an den Beinen rumlaufen.«

»Ich muss sie mir rasieren. Oder mit dieser Ziepmaschine rausziehen, wie du das machst. Tut eigentlich am Frausein alles weh?«

»Immerhin darfst du als Frau weinen. Egal wo, sogar im Kino.«

»Dürfen Männer das nicht?«

»Sie tun es nicht. Und guck mich nicht so an, ich weiß nicht, warum. Ich hab die Regeln nicht gemacht.«

»Komische Regeln!«

»Ich weiß. Du darfst dir die Haare färben...«

»Du hast gesagt, das darf ich nicht.«

»Du bist ja auch noch keine Frau.«

»Das ist unfair! Ich krieg meine Periode und trotzdem darf ich mir die Haare nicht färben. Da hab ich doch voll die Arschkarte!«

Ich muss zugeben, dass sie recht hat, und diese Arschkarte wird nicht ihre letzte sein. Als Frau wird sie den Spagat hinkriegen müssen, Muttertier und Geliebte zu sein. Im Job doppelt so hart kämpfen müssen, um nur halb so erfolgreich zu sein, und dafür als Zicke gelten. Wenn sie es trotzdem schafft, wird man ihr unterstellen, sich hochgeschlafen zu haben, und wenn nicht, wird sie den Zicken und den erfolgreichen Männern Kaffee kochen müssen. Spätestens dann wird sie sich auf die Suche nach einem Mann zum Heiraten machen. Wenn es ihr gelingen sollte, die Nadel im Heuhaufen zu finden, wird sie sich über Hunde und Smokings streiten und fragen, wann die Liebe verloren gegangen ist? Dann wird sie sich scheiden lassen, einen praktischen Kurzhaarschnitt zulegen und einen Kerl aus dem Internet, der sich nach einer Comicfigur benennt, um zu verhindern, dass seine Frau ihm auf die Schliche kommt. Aber selbst wenn ihre Liebe hält und die Familie zusammen bleibt, was statistisch als höchst unwahrscheinlich gilt, wird sie sich irgendwann fragen, wo zwischen den Smokings und Kindern sie selbst verloren gegangen ist? Aber vielleicht wird sie ja keine Familie haben, weil sie eine Frau liebt. Eine wie Sandra. Mit Haaren auf den Zähnen und Beinen? In jedem Fall wird sie eine Menge Frösche küssen müssen, bevor sie einen Prinzen findet. Oder eine Prinzessin. Doch was, wenn sie weder einen Mann noch eine Frau findet und sich ein Leben lang mit ekligen Chefs und verkappten Singles rumschlagen muss, die ihr das Herz brechen?

»Mama, zur Schule geht's nach links.«

»Ich hab meine Meinung geändert. Wir gehen jetzt Haare färben.«

»Deine?«

»Deine.«

Maja strahlt.

Eine Stunde, und was mich betrifft, ungefähr fünfzig neurotische Promis später, verlässt Maja unseren piefigen Vorortfriseurladen mit einem Haarschnitt, der aussieht, als hätte sie sich drei Tage nicht gekämmt, aber ein Vermögen gekostet hat, und einer knallbunten Strähne, die Pink vor Neid erblassen lassen würde.

»Danke Mama«, strahlt sie, als ich sie vor der Schule absetze, »aber wird Papa jetzt nicht sauer sein, dass du heute Abend keine chicen Haare hast?«

»Das ist schon o. k.«

Mein pädagogischer Erfolg wird mich in goldenem Glanz erstrahlen lassen, und die Tube ultrablond, die ich im Supermarkt kaufe, nachdem ich Maja an der Schule abgesetzt habe, bei meinen Haaren hoffentlich dasselbe erreichen.

Sarah, früher Nachmittag

»Eine Frage: Essen Ihre Kinder Spargel?«

Die Autorin guckt mich mit großen Augen an.

»Ist das für unsere Zusammenarbeit irgendwie von Bedeutung?«

»Nein«, sage ich, »das ist privat.«

Die Autorin ist verheiratet, hat zwei Kinder und ein Haus, das einigermaßen aufgeräumt wirkt. Melanie behauptet, dass sie außerdem eine ganz gute Autorin ist. Wäre, wenn man sie etwas pushen würde, und das will ich tun, doch im Moment beschäftigen mich andere Fragen.

Die Autorin, Nina, ist mitten in dem Leben drin, das Tobi und ich ansteuern, und ich will wissen, wie sie es geschafft hat, so weit zu kommen? Anscheinend geht es, und ich wüsste gerne, wie? Inzwischen kann ich mir vorstellen, wie es ist, Tobi zu heiraten, Las Vegas und so, aber alles, was danach kommt, verschwindet in einer Art Nebel. Bildstörung. Ich hoffe, dass Nina die Störung beheben kann, schließlich scheint sie eine Expertin in Sachen Heiraten und Kinderkriegen zu sein.

Sie will mir gerade erklären, wie man die Kocherei so hinkriegt, dass einem die Kinder das Leben nicht zur Hölle machen, als ihr Sohn reinkommt. Er sucht sein Fußballshirt. Sie geht raus, um ihm zu helfen, es zu finden, und ich lehne mich in ihr Sofa zurück. Die Frau hat zwei Sofas. So ist das, wenn man verheiratet ist.

»Wo waren wir«, fragt die Autorin, als sie wiederkommt.

»Beim Kochen.«

»Richtig. Also, das Kochen ist die leichteste Übung, wenn Sie Kinder haben, glauben Sie mir. Es gibt 'ne Menge anderer Probleme, Kochen ist keines davon.«

»Wie können Sie das so runterspielen? Ich stelle es mir wahnsinnig aufwendig vor, jeden Tag einkaufen zu gehen, das ganze Zeug zu verarbeiten, und das womöglich zweimal am Tag? Oder isst Ihr Mann im Büro?«

»Nein, nein! Der will auch eine warme Mahlzeit, wenn er abends nach Hause kommt. Im Moment will er Diätkost!«

»Oh, mein Gott! Wie machen Sie das nur?«

Die Autorin lacht. »Lug und Trug. Sie müssen die ganzen Märchen mit Vitaminen und Mineralien vergessen. Frisches Obst und Gemüse sind rausgeschmissenes Geld. Kinder essen es sowieso nicht. Ich bin froh, wenn ich ihnen hin und wieder einen Fruchtjoghurt unterjubeln kann. Gemüse geht nur auf Pizza und Spargel ist undenkbar.«

»Verstehe. Und was essen Kinder dann?«

»Spaghetti mit Tomatensauce. Am besten aus der Dose. Die Kinder lieben das und mein Mann auch, solange ich es Pasta al sugo nenne, weil er alles für diätisch hält, was mediterran klingt.«

Sie lacht und ich bin beruhigt. Anscheinend muss man nur die richtigen Tricks draufhaben und dann ist die Familie pflegeleicht. Das schaffe ich schon, ich bin es schließlich von meinem Job her gewohnt, mit Tricks zu arbeiten.

»Mama!«

Das ist wieder der Sohn. Er muss etwa acht sein. Oder zwölf? Ich habe keine Ahnung? Kinder sehen alle gleich alt aus. Sehr süß jedenfalls. So einen will ich auch.

»Was ist?«, fragt die Autorin.

»Wann muss ich eigentlich los?«

»Um drei. Du hast noch eine halbe Stunde. Mach in der Zeit mal deine Hausaufgaben!«

»O. k.«

Der Sohn verschwindet und die Autorin lächelt mich an.

»Sonst noch Fragen zur Haushaltsführung oder können wir jetzt über die Arbeit reden?«

»Ich denke, dass ich Ihnen Aufträge verschaffen kann. Sie haben ja eine Menge Arbeitserfahrung. Ich versteh gar nicht, warum Sie bis jetzt noch nicht mehr daraus gemacht haben?«

»Mama?«

Das ist die Tochter, ein pubertierendes Wesen mit merkwürdig gefärbten Haaren, die auf den ersten Blick von ihrem hübschen Gesicht ablenken.

»Was ist«, fragt die Autorin.

»Ich hab Bauchweh.«

»Dann hör auf, Süsskram in dich reinzustopfen und trink eine Tasse Tee!«

Die Tochter geht raus, kommt aber kurz darauf wieder rein, weil sie in der Küche keine Teebeutel finden kann, die ihr schmecken. Die Autorin entschuldigt sich bei mir und geht raus, weil sie sicher ist, gestern eine Packung Früchtetee gekauft zu haben, und der Tochter zeigen will, wo sie ihn hingeräumt hat.

Ich gucke mich im Zimmer um. Es ist sehr nett eingerichtet. Hell. Ein bisschen spießig für meinen Geschmack, mit einer Schrankwand im Wohnzimmer und beigen Sesseln, aber ok. Praktisch. Pflegeleicht. Ich bin sicher, wenn die Autorin alleine leben würde, hätte sie andere Möbel gekauft, aber, Lektion Nummer zwei, mit Kindern muss man Kompromisse machen. Sie fangen bei Spaghetti an und hören vermutlich nicht bei Schrankwänden auf. Ich notiere alles auf meiner imaginären Liste, damit ich es für den Zeitpunkt parat habe, wenn Tobi und ich Kinder kriegen. Praktisch denken, das kriege ich schon hin, auch wenn es sich etwas nach spießig anhört. Aber die Autorin scheint kein Problem damit zu haben. Sie kleidet sich sogar ein bisschen spießig, vermutlich ist das so eine Art Markenzeichen. Ein Code, der bedeutet, dass man verheiratet ist und Kinder hat. Verheiratete kleiden sich immer spießiger als Singles, weil sie in Vororten wohnen, wo es keinen Zugriff auf hippe Läden gibt. Ich werde auch bald dazugehören und in einem Vorort leben, wo es eine Boutique gibt, die Sandra heißt, in der ich mir eine Bundfaltenhose kaufe, wie die Autorin sie trägt. Es gehört eben zum Verheiratetsein dazu. Wie der Ehering. Wer einen trägt, spielt automatisch in einer anderen Liga.

In der Liga der Frauen, die darüber jammern, dass sie keinen Job haben. Wie Nina. Als ob es kein Job wäre, für das Haus und die Kinder zu sorgen und dann noch abends für den Mann diätische Spaghetti zu kochen? Aber das reicht ihr nicht, hat sie gesagt, sie will endlich mal wieder was für sich tun, eigenes Geld verdienen. Ich frage mich, wozu? Ich hätte kein Problem damit, das Geld meines Mannes auszugeben, wenn der Mann nicht ausgerechnet Tobi wäre.

Das Problem ist, dass Tobi andere Wertigkeiten hat als ich. Während es in seinen Augen völlig normal ist, für eine Schibrille, mit der er aussieht wie ein zerquetschter Frosch, hundertfünfzig Euro hinzulegen, kriegt er eine halbe Herzattacke, wenn ich dieselbe Summe für einen BH ausgebe, obwohl ich in meiner Neuerwerbung deutlich attraktiver aussehe als eine Amphibie, die unter einen Lastwagen gekommen ist. Als er mir einmal voller Verachtung erklärte, dass man bescheuert sein muss, so viel Geld für so wenig Stoff auszugeben, hatten wir einen Riesenstreit, in dem ich die Preispolitik der internationalen Dessousherstellers rechtfertigen musste. Ich weiß nicht mehr, wie ich auf der Seite der Hersteller gelandet war, die aufgrund ihrer absurden Preise meine natürlichen Feinde sind, aber ich kann mich noch genau erinnern, dass ich gesagt habe, dass ihre Produkte Frauen das Gefühl geben, sexy zu sein, und dieses Gefühl sei unbezahlbar. Dieses Gefühl würde er mir umsonst geben, meckerte Tobias. Der Streit war absurd, und seitdem erzähle ich Tobias nicht mehr, was die Sachen kosten, die ich mir kaufe. Das ist kein Problem, weil er es ohnehin nicht merkt, wenn ich neue Klamotten trage, und günstigerweise zu glauben scheint, dass Haare auch ohne Zutun von Frisören immer gleich lang und frisch gesträht sind. Solange ich mein eigenes Geld verdiene, kann ich ihn in diesem Irrglauben lassen, aber sobald ich von seinem Geld leben müsste, wären diese Gespräche ein Scheidungsgrund.

»Entschuldigen Sie«, sagt Nina, als sie wieder reinkommt, »die Kinder! Aber jetzt ist meine Tochter mit Tee versorgt und mein Sohn wird gleich zum Fußballtraining abgeholt, dann haben wir Ruhe.«

»Kein Problem. Ich finde es toll, wie Sie das so hinkriegen!«

Sie guckt ungefähr so wie Tobias, als ich ihm sagte, was der BH gekostet hat.

»Was meinen Sie?«

»Naja, mit Arbeit und Kindern. Ich werde leider weiter arbeiten müssen, wenn ich Kinder habe, und ich habe mich immer gefragt, wie man das auf die Reihe kriegt?«

Die Autorin lacht.

»Wenn Sie es rausgefunden haben, sagen Sie es mir! Ich komme jedenfalls zu nichts.«

Wahrscheinlich hat sie eine Schreibblockade? Typische Autorenkrankheit! Liegt meistens an mangelndem Selbstbewusstsein. Daran werde ich arbeiten müssen. Den Klienten Selbstbewusstsein einzuimpfen gehört zum Standardservice der Agentur, den ich nur selten bemühen muss, weil die meisten Klienten an der gegenteiligen psychischen Störungen leiden und mit einer Überdosis Selbstbewusstsein durch die Welt laufen, ohne den geringsten Grund dafür zu haben.

»Sie müssen nur an sich glauben«, sage ich standardmäßig, »und alles Weitere überlassen Sie mir! Ich werde schon die richtigen Aufträge für Sie an Land ziehen!«

»Das wäre toll. Ein Traum!«

»Was würden Sie denn am liebsten schreiben?«

»Keine Ahnung? Kinderbücher? Ich hab schon so lange nichts mehr selbst auf die Beine gestellt, dass ich überhaupt nicht mehr weiß, ob ich es noch kann?«

»Das ist nur eine Frage des Selbstvertrauens!«
»Mama?«
Die Tochter.
»Hast du noch Bauchweh?«
»Nein.«
»Was ist denn dann schon wieder los?«
»Im Bad ist 'ne Überschwemmung.«
Die Autorin schluckt, aber sie bleibt ruhig.

Dafür werde ich langsam unruhig. Ich bin schon über eine halbe Stunde hier und wir haben noch kein Wort über den Vertrag gesprochen.

Als ich ankam, musste die Autorin einen Streit zwischen den Kindern schlichten, wer von ihnen mit dem Hund Gassi gehen sollte. Die Tochter weigerte sich, weil sie, wie sie betonte, die einzige in der Familie sei, die sich überhaupt um den Hund kümmert und außerdem den Tisch abgedeckt hat, woraufhin der Sohn empört entgegnete, das sei eine Lüge, denn er hätte die Gläser in die Spülmaschine geräumt und außerdem habe er vor einem wichtigen Training andere Dinge zu tun, als sich darum zu kümmern, ob der Hund gepisst hat. Das Ganze endete damit, dass die Autorin vorschlug, die beiden sollten das Problem unter sich klären.

Als die Kinder draußen waren, setzte sie Teewasser auf, und wir wollten gerade über den Vertrag reden, als das Telefon klingelte. Die Autorin ignorierte es, aber als dann eine Männerstimme auf dem AB quasselte, er wisse, dass sie zu Hause sei, und sie solle gefälligst den Hörer abnehmen, tat sie es. Es war der Ehemann, der nachfragte, ob sie sein Auto aus der Werkstatt abgeholt hatte. Die Autorin sagte, dass es noch nicht fertig sei. Während ich die Information beim ersten Mal kapiert hatte, ist der Göttergatte anscheinend schwer von Begriff, jedenfalls musste sie es mehrfach wiederholen, bis er Ruhe gab. Offensichtlich hat sie den Typen nicht wegen seiner Intelligenz geheiratet. Vielleicht ist er ja superattraktiv, so ein

Modeltyp mit Waschbrettbauch, oder sehr humorvoll, wenn auch nicht gerade am Telefon. Ich kann nur raten, weil die Autorin nicht von ihrem Mann spricht. Sie will das Private vom Beruflichen trennen, hat sie mir erklärt, und schreibt sogar unter ihrem Mädchennamen, um nicht mit ihrem Mann, der anscheinend auch irgendwas in der Branche macht, in Verbindung gebracht zu werden.

Als der Tee dann fertig war und wir endlich über die Arbeit reden wollten, kam der Hund und pinkelte mitten ins Wohnzimmer. Ich schaffte es gerade noch rechtzeitig, meine Füße hochzuheben, bevor der reißende gelbe Strom meine neuen Manolos, deren Preis Tobias nie erfahren darf, ruinierte. Die Autorin beeilte sich, die Pfütze zu beseitigen, damit wir ohne Geruchsbelästigung reden konnten, was wir geschafft hätten, wenn nicht weitere Katastrophen dazwischengekommen wären.

»Wie ist das denn passiert«, fragt die Autorin.

»Ich wollte Hund baden, aber der hat in den Duschschlauch gebissen und jetzt ist alles nass.«

Man braucht nicht viel Fantasie, um sich den Zustand des Badezimmers vorzustellen, und spätestens jetzt ist mir klar, dass Tobias und ich eine Haushälterin brauchen werden, wenn wir Kinder haben. Bei Wandschränken und Bundfaltenhosen bin ich noch dabei, aber wenn meine Kinder so nerven wie diese hier, kriege ich mit Sicherheit einmal am Tag einen Nervenzusammenbruch.

Die Autorin bleibt ruhig. Was ist diesmal der Trick? Autogenes Training oder Psychopharmaka? Ich denke ersteres, denn die Autorin sieht nicht aus wie eine Frau, die Drogen nimmt.

»Warum wolltest du Hund denn baden«, fragt sie, als sei das von Interesse.

»Du solltest mal sehen, wie der aussieht! Der ist voller Erde, weil er im Blumenbeet von Frau Hamann gewühlt hat.«

Im Garten ist eine Frau zu sehen, die wütend ein Beet bearbeitet. Ich gucke, ob sich bei der Autorin erste Anzeichen eines Nervenzusammenbruchs zeigen, aber noch bleibt sie ruhig. Das Autogene Training macht sich bezahlt. Sie atmet ganz tief durch.

Wenn auch die Klamottenläden in den Vororten auch nicht auf dem neuesten Stand sind, die Volkshochschulkurse scheinen richtig gut zu sein!

»Darum kümmere ich mich später«, sagt die Autorin und dreht sich vom Fenster weg, »hol du den Putzlappen und wisch das Bad, o. k.?«

Die Tochter geht, kommt aber kurz darauf wieder rein, weil sie den Putzlappen nicht finden kann. Anscheinend ist er nicht an seinem gewohnten Platz. Es stellt sich heraus, dass er in der Waschmaschine ist, weil die Autorin ihn heute Mittag, nachdem es beim Essen anscheinend einen Unfall mit Spaghettisauce gab, gewaschen hat. Während die Autorin den Lappen aus dem Trockner holt, taucht eine andere Pubertierende am Gartenzaun auf und ruft nach der Tochter. Als die Autorin mit dem Lappen wiederkommt, ist die Tochter verschwunden. Ich hätte das Gör wahrscheinlich aus dem Gebüsch gezerrt und mit dem nassen Lappen erschlagen, aber die Autorin trägt es mit Fassung. Wahrscheinlich doch Psychopharmaka.

»Das Bad kann warten«, beschließt sie, »Hauptsache, wir haben mal Ruhe zum Reden.«

Ich nicke.

»Manchmal muss man Prioritäten setzen!«

Als ich ihr sage, wie sehr ich ihre Nervenstärke bewundere, gesteht Nina, ihren Mann vorhin am Telefon belogen zu haben. Die Sache mit der Spaghettisauce hatte so eine Verwüstung angerichtet, dass sie, nachdem sie den Boden gewischt und den Teppich zur Reinigung gefahren hatte, schlichtweg keine Zeit mehr hatte, das Auto aus der Werkstatt abzuholen, das aber längst fertig ist.

»Sie müssen tricksen, wie gesagt«, grinst sie, »ohne das überleben Sie eine Familie nicht.«

Wir lachen, dann endlich beugt sie sich über den Vertrag, den die Sekretärin vorbereitet hat. Es ist das Übliche: Ich verschaffe der Autorin Jobs und kassiere dafür fünfzehn Prozent.

»Es wäre der totale Wahnsinn, wenn Sie mir einen Auftrag verschaffen könnten«, sagt die Autorin, »Sie können sich nicht vorstellen, wie lange ich schon davon träume, etwas zu schreiben, bei dem ich mich einbringen kann.«

Dabei strahlt sie so, als wäre allein die Vorstellung wie eine Kombination aus gutem Sex und Schlussverkauf bei Prada. Als das Telefon klingelt, ist es vorbei mit den schönen Träumen und das Lächeln gefriert auf ihrem Gesicht.

»Wahrscheinlich ist es mein Mann, der sich jetzt darüber beschweren will, dass er die Werkstatt umsonst angepöbelt hat, weil sein Auto längst fertig ist. Egal. Was ich sagen wollte ist, dass ich nichts dagegen hätte, vom Fernsehen wegzukommen. Mehr in Richtung Buchverlage zu arbeiten. Glauben Sie, das wäre möglich?«

Das Telefon hat aufgehört zu bimmeln und der Anrufbeantworter schaltet sich an. Es ist nicht der Ehemann, sondern die Mutter des Fußballkumpels, die anscheinend im Tennisclub aufgehalten wird und es deshalb nicht mehr schafft, die Jungs rechtzeitig beim Training abzuliefern.

Da die Autorin den Sohn jetzt selbst fahren muss, beschließen wir, die Vertragsverhandlung zu verschieben. Es schade ja nicht, meint Nina zum Abschied, solche Papiere zu überschlafen, bevor man sie unterschreibt. Ich nicke tröstend, aber ich ahne, dass der Nachmittag mir beruflich nichts bringen wird. Ich kann mir nicht vorstellen, dass die Autorin in den nächsten Jahren auch nur einen zusammenhängenden Satz schreiben wird, geschweige denn einen ganzen Film oder einen Roman, sie hat ja nicht mal Zeit für ein Gespräch.

Mein Auto ist am Gartentor geparkt, und ich gehe durch

den Garten raus, weil der offizielle Eingang von einem Tischtennistisch blockiert ist. Als ich daran vorbeifahre, sehe ich die Tochter und die andere Pubertierende daran spielen. Sie haben das Spiel etwas abgewandelt und kicken einen Stein über die Platte. Die Tochter zielt daneben und der Stein schlägt in eine Fensterscheibe ein.

Auf dem Weg in die Stadt bin ich so verwirrt von der anstrengenden Reise in meine Zukunft, dass ich froh bin, als das Telefon klingelt und mich hoffentlich in die Gegenwart zurückholt. Es ist Tobias.

»Hey, Süße, wie geht's dir«, fragt der Vater meiner zukünftigen Kinder.

»Danke, gut. Und selbst?«

Er fängt an, von seinem Meeting zu erzählen, aber ich kann mich nicht darauf konzentrieren.

»Tobi, wenn du Kinder willst, musst du deinen Job aufgeben und dich selbst um sie kümmern.«

»Was?«

»Und ich hol auch nicht dein Auto aus der Werkstatt, das ist einfach too much!«

»Mein Auto ist nicht in der Werkstatt«, sagt mein Zukünftiger verwundert, »oder?«

»Wenn es da wäre, würde ich es jedenfalls nicht abholen.«

»Danke. Das ist ja sehr nett von dir!«

»Hör mal zu, Tobi, wenn eine Frau den ganzen Tag den Hampelmann für deine Rotzgören macht, ist es einfach zu viel verlangt, dass sie sich auch noch um dein blödes Auto kümmert! Statt sie deswegen anzumeckern, solltest ihr auf Knien danken und jeden Tag Blumen mitbringen!«

»Also, wenn wirklich etwas mit meinem Auto ist, dann ist es doch nicht zu viel verlangt, dass du dich darum kümmerst, wenn ich in Mailand bin? Ich kauf dir dann auch Blumen!«

»Schon gut. Vergiss es. Mit deinem Auto ist alles in Ordnung.«

»Aber mit dir anscheinend nicht?«

Ich muss lachen.

»Tut mir leid! Ich schiebe grade ein bisschen Panik, wie das so werden soll, wenn wir Kinder haben?«

»Und das waren deine Vorschläge zur gütlichen Regelung?«

Tobi lacht jetzt auch.

»Ja«, sage ich etwas verlegen, »nein. Natürlich nicht. Aber irgendwas muss man doch regeln, oder?«

»Sag bloß, du willst einen Ehevertrag?«

Ich frage mich, ob man vertraglich festlegen kann, dass die Ehe nicht an der Familie zerbricht?

Nina, 19 Uhr, höchste Zeit, dass die die Türen aufmachen

Vor dem Lenbachpalais drängeln sich die Leute als gäbe es hier was umsonst. Es ist wie beim Schlussverkauf, bevor die Türen zu den himmlischen Hallen der Ramschangebote geöffnet werden. Alle schubsen und drängeln, aber im Gegensatz zum Schlussverkauf befindet sich hier die Ware vor der Tür. Stars und Sternchen bieten sich meistbietend der Presse an, die das Gedränge mit Blitzlichtgewitter bombardiert. Ich stelle zufrieden fest, dass sich die Warterei bei der Ärztin und beim Frisör bezahlt gemacht hat, denn ich kenne nicht nur jede aktuelle Prominase, sondern weiß auch die passende Geschichte dazu und kann die Herumsteherei damit überbrücken, sie meinem Mann weiterzutratschen.

»Alle Achtung«, lacht mein attraktiver Begleiter in seinem frisch gereinigten Smoking, als ich ihm erzähle, dass die Frau vor uns im nächsten Playboy zu sehen sein wird, »du hast dich ja bestens auf den heutigen Abend vorbereitet.«

Und das, obwohl ich es nicht mehr geschafft habe, meine Haare zu tönen, und die Babysitterfrage ungelöst blieb, so dass ich Lucas in letzter Sekunde Tonya andrehen musste, der es super fand, dass er bei Craig übernachten darf, während Maja, vom neuen Geist des Frauwerdens beseelt, darauf bestanden hat, auf sich selbst aufzupassen.

»Ich brauche keinen Babysitter mehr, schließlich bin ich dreizehn und nicht drei«, knallte sie ihrem Vater vor, der angesichts der pinken Strähne zu verwirrt war, um zu widersprechen, »außerdem ist Hund ja hier!«

Die Playboyfrau rammt mir ihren Ellenbogen in die Rippen, in dem Versuch, sich noch näher an die Blitzlichter zu drängeln, was aber am Gesetz der Masse scheitert, die durch Druck nicht verringert, sondern lediglich verdichtet wird. Mich presst es gegen den Rücken einer Frau, deren Kleid den Blick auf ihre Pobacken freigibt.

»Können Sie nicht aufpassen«, zischt die Pobacke, als ich auf ihr klebe.

Olli legt den Arm um mich und zieht mich zu sich heran.

»Ich frage mich wirklich, warum wir uns das antun«, seufzt er wie bei jeder Preisverleihung, zu der er mich schleppt.

»Weil du vielleicht einen Preis bekommst«, erinnere ich ihn.

Die Aussicht tröstet ihn und auch die Pobackenbesitzerin ist wieder glücklich und reckt sich mit einem so strahlenden Lächeln ins Blitzlichtgewitter, als hätte sie nie ein Wässerchen trüben können.

»Hi«, kreischt sie, als sie sich bei ihrem Versuch, vor die Linse zu kommen, umdreht, und im nächsten Moment schlingt sie ihre Arme um Ollis Hals, als sei sie kurz vor dem Ertrinken und er eine Rettungsboje. Olli stellt uns vor, was nicht nötig gewesen wäre, denn ich weiß seit dem Arztbesuch mit Maja mehr über die Frau, als ich wissen will, und nichts davon ist als Gesprächsstoff geeignet, weil ich weder zum Thema Permanentmakeup noch Blutgruppendiäten etwas beitragen kann. Aber die Ertrinkende ist genauso wenig an einem Gespräch mit mir interessiert wie umgekehrt, jedenfalls entnehme ich das dem Umstand, dass sie mir wieder ihren entblößten Rücken zugekehrt hat.

»Was für ein Zufall, dass wir uns hier treffen«, sagt sie zu Olli, als wäre hier die Wüste Gobi und sie zwei verirrte Beduinen, »wer hätte das gedacht?«

Ollis Erstaunen hält sich in Grenzen.

»Naja, auf diesen Events trifft man sich halt«, sagt er, »dazu sind sie ja da!«

»Ja, das ist ja das Tolle dran«, meint die Ertrinkende, »man kann alte Kontakte wieder aufleben lassen. Ach, übrigens, dein Film ist großartig geworden. Bewegend und so authentisch! Ihr habt beim Dreh sicher 'ne Menge Spaß gehabt? Das hat mich an unsre alten Zeiten erinnert. Wir hatten ja damals so viel Spaß!«

Die Ertrinkende hatte mal in einem Film von Olli mitgespielt und will das Erlebnis unbedingt wiederholen. Während sie das sagt, zupft sie ihr Dekollete tiefer, so dass zu befürchten ist, dass sie bald nackt dastehen wird, wenn Olli ihr nicht schnell einen Job verspricht.

»Ach, die alten Zeiten«, seufzt sie und zupft, »wir waren schon ein cooles Team!«

Wenn man den Informationen, die ich mir heute in den diversen Wartezimmern reingezogen habe, glauben kann, beruht ihre Sentimentalität für die alten Zeiten weniger auf der Erinnerung an die Menge Spaß, als die Menge Geld, die sie damals verdient hat. Davon ließ es sich bestimmt besser leben als von Werbung für Blutgruppendiäten oder Permanentmakeup.

Inzwischen hat die Ertrinkende Schweißperlen auf der Oberlippe und flirtet mit Olli, als hinge ihr Leben davon ab. Es ist bestimmt nicht einfach, sein Geld mit Werbung für Makeup zu verdienen, permanent hin oder her, und es ist verdammt unfair, dass Schauspieler nicht wie der Rest der Welt aufs Arbeitsamt gehen können, wenn sie einen Job suchen, sondern mit Flirten und Einsatz von Dekolletes darum kämpfen müssen. Kein Wunder, dass auf Filmpartys immer alle gestresst sind!

»Alles klar, Nina?«, fragt Olli, als das Bewerbungsgespräch beendet ist.

»Alles prima«, sage ich, »wenn wir dann endlich mal drin sind!«

Er legt den Arm um mich.

»Wenn wir das hinter uns haben, musst du nie wieder mit mir auf so ein Event gehen. Ich versprech's dir!«

»Was redest du da? Ich begleite dich doch gerne!«

»Tust du nicht und ich versteh's ja. Wir stehen hier eingepfercht wie Rindviecher auf dem Weg zur Schlachtbank, und wenn sie uns endlich reinlassen, müssen wir uns stundenlang Dankesreden anhören und am Buffet um lauwarmen Wein prügeln.«

Die Ertrinkende muss ihn auch deprimiert haben, jedenfalls sieht er jetzt nicht mehr aus wie ein glücklicher Preisträger aussehen sollte.

»Hast du denn deine Rede schon vorbereitet«, frage ich, um ihn wieder in Stimmung zu bringen.

»Welche Rede? Ich gewinne doch sowieso nicht.«

»Klar gewinnst du, und selbst wenn nicht, du weißt doch: Es ist bereits eine Ehre, nominiert zu sein!«

»Vielleicht hast du recht«, lacht der Nominierte, »wahrscheinlich hab ich nur miese Laune, weil ich verdammt dringend pinkeln muss!«

»Oliver Borchert«, sagt ein Mann hinter uns und haut Olli so fest auf die Schulter, dass ich nur hoffen kann, dass sich die Druckwelle nicht auf seine tiefer gelegenen Körperregionen überträgt und für feuchte Überraschungen auf dem Asphalt sorgt.

Olli begrüßt den Haudrauf, als sei er sein bester Kumpel, und stellt mich ihm dann vor. So macht er das immer, wenn er den Namen seines Gegenübers vergessen hat. Haudrauf nimmt meine Hand und quetscht sie.

»Lahners. Sehr erfreut, gnädige Frau.«

Ich lächle freundlich, weil das der auf diesen Events von mir verlangte Beitrag zur Kommunikation ist. Lahners ist Redakteur bei einem Fernsehsender und deshalb folgt unweigerlich Gesprächsvariante zwei. Man redet über Einschaltquoten.

»Nina!«

Ich drehe mich um und sehe Micha hinten in der Schlange mit den Armen wedeln. Ich wedle zurück. Auch wenn heute nicht die Gelegenheit ist, ihm zu sagen, dass ich beschlossen habe, doch nicht fremdzugehen, bin ich froh, einen Menschen zu sehen, mit dem ich mich über etwas anderes als Einschaltquoten unterhalten kann.

»Woher kennst du den Typen«, will Olli wissen.

»Kennst du ihn?«

»Ja. Ein totales Sackgesicht.«

Plötzlich geht ein Ruck durch die Menge und dann werden wir in einer riesigen Flutwelle aus parfümierten Körpern in Richtung Eingang gespült. Wenn Olli nicht schnell genug meine Hand genommen hätte, wären wir vermutlich für immer getrennt worden.

»Geschafft«, stöhnt Olli, als wir die Sicherheitskontrollen passiert haben, »jetzt brauch ich ein Klo, sonst gibt's ein Unglück.«

Doch vor den Klos hat sich bereits eine neue Schlange gebildet. Dafür ist es an der Garderobe noch relativ leer. Wir stellen uns hinter die ungefähr fünfzig Leute in die Schlange. Olli wird von einer Schauspielerin angesprochen, deren Name mir nicht einfällt. Die Schauspielerin sagt, dass sie es einen unglaublichen Zufall findet, sich hier zu treffen, und wie schön es war, mit Olli zu arbeiten, und so weiter. Ich höre nicht zu, weil ich den Text auswendig kenne und außerdem vor mir eine Frau steht, die mein Leben nachhaltig beeinflusst hat. Ihretwegen bin ich jahrelang jeden Winter ins Eisstadion getrabt und habe unter Gefahr für Leib und Leben versucht, Pirouetten zu drehen wie sie. Natürlich hat es nie geklappt und ich habe mir statt Goldmedaillen nur blaue Flecken eingehandelt, aber dafür gab's beim Eislaufen immer jede Menge nette Jungs, die einen auf eine heiße Schokolade eingeladen haben. Ich verdanke der Frau eine abwechslungsreiche Pubertät. Mein Idol ist sich ihrer Bedeutung nicht bewusst, sie schält sich mit gelangweilter Miene aus ihrem Mantel, unter dem ein Kleid zum Vorschein kommt, das aussieht, als hätte sie es aus einem Vorhang selbst genäht. Wie Scarlett!

»Ich verstäh nisch, warum isch mir diese Bardies immer wieder antüe«, sagt sie in perfektem Sächsisch und guckt mich dabei so verwundert an, als hätte ich persönlich sie in den Vorhang gewickelt und hierher geschleppt.

Mein Idol hat das Wort an mich gerichtet! Es verschlägt mir fast die Sprache, aber dann denke ich, dass es unhöflich ist, einem Idol das Gefühl zu geben, man ignoriere es.

»Ich bin hier, weil ich sonst nie Gelegenheit habe, meinen Glitzerfummel zu tragen«, sage ich mit der schüchternen Ehrfurcht des langjährigen Fans, »im wahren Leben bin ich nämlich nur Hausfrau und laufe den ganzen Tag in Jeans herum!«

»Wie gommen nur Leude wie Sie an aine Eintrittsgarde«, fragt die Eisprinzessin kopfschüttelnd und verschwindet, ohne mich eines weiteren Blickes zu würdigen. Anscheinend machen Goldmedaillen auch nicht glücklich.

Dann sind wir dran. Olli versucht, seinen Mantel auszuziehen, was kein leichtes Unterfangen ist, weil die Schauspielerin so an ihm klebt, dass es aussieht, als könne sie nur operativ entfernt werden. Als er sie loshat, stopft er sein Handy in meine ohnehin schon überfüllte Miniabendtasche, weil er die seines heiligen Smokings nicht verbeulen will, und stellt sich bei den Klos an. Ich nehme inzwischen die Schlange am Buffet in Angriff.

»O. k. Bis gleich«, sagt Olli und verschwindet in der Menge.

Am Buffet treffe ich Melanies Agentin, die seit heute Nachmittag auch meine ist. Sofern ich es jemals schaffe, etwas zu schreiben.

»Nina, was machen Sie denn hier«, fragt Sarah.

Ich will es ihr gerade sagen, als die Ertrinkende auf mich zugeschossen kommt. Sie muss in der Zwischenzeit ein bewusstseinsveränderndes Mittel genommen haben, denn sie scheint plötzlich innige Gefühle für mich entwickelt zu haben.

»Hallo«, kreischt sie hocherfreut und schlingt ihre Arme um meinen Hals, »wo hast du denn deinen Mann gelassen?«

In dem Moment klingelt Olivers Handy in meiner Tasche.

»Wollen Sie was trinken oder stehen Sie hier nur rum, um sich zu unterhalten?«, fragt mich ein unfreundlicher Kerl, der in der Schlange hinter mir steht.

Ich bestelle eilig zwei Gläser Weißwein und krame das Handy aus der Tasche.

Es ist Frau Hamann. Die Ertrinkende sagt zu einer anderen Frau, dass ich mit einem Produzenten verheiratet sei, der wichtig sei, dessen Namen sie aber leider vergessen hat. Ich bitte Frau Hamann, etwas lauter zu sprechen, und höre, wie die Ertrinkende sagt, dass ich total arrogant sei. Ich verstehe nicht alles, was Frau Hamann sagen will, aber ein paar Worte reichen, um mein Herz rasen zu lassen. Als ich auflege, dreht sich der Raum. Grell geschminkte Gesichter fahren Karussell. Sie tanzen in immer engeren Kreisen um mich und ich kriege nicht genug Luft zum Atmen. Ich muss hier weg, aber es gibt keinen Notausgang. Das Karussell dreht sich immer schneller. Vor meinen Augen taucht das Gesicht der Ertrinkenden auf. Der Barmann reicht mir zwei Gläser Wein. Ich schüttle den Kopf und versuche, mir einen Weg durch die Menge zu bahnen.

»Zicke«, sagt die Ertrinkende hinter meinem Rücken.

Ich weiß nicht, wie viele Leute das noch von mir denken, weil ich sie nicht begrüßt oder angerempelt habe, aber irgendwann habe ich es geschafft und mich zu den Männerklos durchgekämpft. Von Olli keine Spur. Stattdessen steht auf einmal Micha vor mir.

»Alles klar, Nina?«

»Meine Tochter ist ins Krankenhaus eingeliefert worden«, sage ich, »ich muss hier weg!«

*Sarah, zweiundzwanzig Uhr dreißig,
schon wieder Häppchenzeit*

Alle klatschen und dann ist es vorbei.
»Endlich«, seufzt Lynn, »ich sterbe vor Hunger!«
»Und ich vor Hitze!«
Da die Preisverleihung im Fernsehen übertragen wird, ist der gesamte Raum flächendeckend mit Scheinwerfern bepflastert, und ich weiß jetzt, nachdem wir zwei Stunden lang von ihnen bestrahlt wurden, wie es sich anfühlt, ein Grillwürstchen zu sein.
»Los, raus hier, bevor sich die Karawane in Bewegung setzt!«
Wir drängeln uns an den Klatschenden vorbei und sind mangels Konkurrenz Sieger im Kampf ums Klo. Als die verschwitzte Menge mit vom Klatschen wunden Handflächen nachrückt, stehe ich bereits frisch gestylt und parfümiert um Getränke an, während Lynn das Buffet abräumt. Filmevents sind Überlebenstraining, man schafft es nur, indem man schneller ist. Die Langsamen sterben an Hunger, Durst, Überhitzung oder Nierenversagen.
Als ich zwei Gläser Prosecco ergattert habe, ist die Konkurrenz nachgerückt und das Durchkommen erschwert. Ein Kerl hält mich auf, weil er Feuer will, und Katja Riemann schnorrt mich um eine Zigarette an. Ein paar Schritte weiter blockieren Alexandra Kamp und eine Traube sie umlagernder Journalisten den Weg. Alexandra zupft ihren Ausschnitt tiefer und erzählt Märchen aus Monaco. Die Journalisten fahren drauf ab wie Bienen auf Honig und ich bin voller professioneller Bewunderung für Alexandras Agentur. Wenn sie es geschafft hat, ihre Klientin im Gespräch zu halten, obwohl sie beruflich nur wenig nachzuweisen hat, kann mir das mit dem Luder

auch gelingen. Ich muss sie heute Abend mit irgendjemandem in Zusammenhang bringen, für den sich die Presse interessiert. Doch wo nimmt man auf die Schnelle einen Prinzen her? Erst mal Kalorien tanken, mit leerem Magen kann man nicht denken! Ich versuche, am Bienenschwarm vorbei in Richtung Buffet vorzudringen ohne dabei die erbeuteten Getränke zu verschütten. Der Prosecco hat inzwischen in meiner Hand Körpertemperatur erreicht.

Als ich weitergehe, remple ich Giulia Siegel an und schütte ihr dabei den halben Inhalt eines Glases aufs Kleid, aber zum Glück ist Giulia partyerfahren genug, um das nicht persönlich zu nehmen. Als ich weiterdrängle, sehe ich Melanie in der Menge, kann sie aber nicht begrüßen, weil das Getümmel zu dicht ist, und im nächsten Moment ist sie verschwunden. Dafür taucht der Produzent auf. Ich lächle in seine Richtung, was er aber nicht sieht, weil er zu sehr damit beschäftigt ist, Gratulationen entgegenzunehmen. Er hat einen der Preise, die heute Abend verliehen wurden, gewonnen, was für mich ein guter Vorwand ist, um später zu ihm zu gehen und ihn auf das Luder anzusprechen.

Jemand tritt mir auf den Fuß. Es ist ein Journalist, den ich seit Jahren kenne, aber dessen Namen ich mir nicht merken kann. Immer, wenn ich ihn sehe, hat er noch ein paar Pfunde zugelegt, entsprechend schmerzt mein Fuß jetzt.

»Hey, Sarah, wie geht's?«

»Bis du kamst, hab ich versucht, zum Buffet vorzustoßen, ohne mir dabei lebensgefährliche Verletzungen zuzuziehen!«

Er lacht. »Dann haben wir denselben Weg. Halte dich einfach in meinem Windschatten!«

Er quetscht sich vor mich und pflügt dann wie ein Schaufelbagger durch die Menge. Wir kommen zügig voran.

»Und, was geht«, fragt er, als wir wegen einem Massenauflauf von Seriendarstellern und blitzlichtgewitternden Fotografen einen Zwischenstopp einlegen müssen.

Ich versuche, dem Dicken das Luder schmackhaft zu machen, aber er winkt nur müde ab.

»Die Alte ist durch. Da würde nicht mal jemand hingucken, wenn sie nackt in einen Münchner Brunnen springen würde.«

»Vielleicht doch? Sie hat einen niegelnagelneuen Busen.«

»Wer hat den nicht? Aber gut, weil du es bist und nur mit nacktem Busen. Sonst geht gar nichts!«

»Prima. Danke!«

»Schon gut. Und was gibt's sonst Neues? Was macht die Liebe?«

»Der geht's bestens. Ich werde heiraten!«

»Gratuliere« grinst der Dicke, »warst du schon mal verheiratet?«

»Nein.«

»Na, dann wird's höchste Zeit, du wirst auch nicht frischer! Ich war schon zweimal dabei. War jedesmal wieder schön.«

»Und warum bist du jetzt nicht mehr dabei, wenn's so schön war?«

»Die Treue. Ist ein Problem, wenn man so viel unterwegs ist wie ich, verstehst du?«

»Verstehe.«

Ich kann mir vorstellen, dass es für einen Mann wie ihn nicht einfach ist, eine Frau zu kriegen, geschweige denn, sie zu halten. Leute, die nicht dem gängigen Schönheitsideal entsprechen, werden gnadenlos aussortiert und Dicksein ist heutzutage eine ästhetische Todsünde. Dazu kommt, dass der Dicke einen Job hat, der ihn zwingt, sich abends auf Events herumzutreiben, statt sich um seine Frau zu kümmern.

»Warum hast du deine Frau abends nicht mal mitgenommen?«

Der Dicke lacht.

»Wozu Eulen nach Athen tragen?«

»Wie bitte?«

»Schnitzfiguren nach Oberammergau. Was weiß ich?«
»Du bist fremdgegangen?«
Der Dicke nickt und ich bin ziemlich verwundert. Die Selbstverständlichkeit, mit der er das gesagt hat, ist erstaunlich, und nur mit Alkohol zu ertragen. Ich nehme einen kräftigen Schluck von meinem Prosecco. Er ist warm und klebt.
»Hast du nicht gesagt, du warst gerne verheiratet«, erkundige ich mich dann bei dem Dicken.
»War ich auch. Aber das Angebot ist einfach zu groß!«
Ich überlegte, ob es zu direkt ist, wenn ich den Dicken frage, ob er den Frauen mit dem Hammer auf den Kopf schlägt, damit sie ohne Gegenwehr mit ihm ins Bett gehen, aber da redet er schon weiter.
»Heutzutage ist es schwer, verheiratet zu bleiben. Man lernt ja ständig neue Leute kennen. Und dann hast du dieses Ding im Hinterkopf, dass du nicht fremdgehen darfst. Dass du treu sein musst. Einem einzigen Menschen. Für den Rest deines Lebens! Du weißt ja, wie es mit Verboten ist? Sie erhöhen den Reiz und dadurch ist Fremdflirten auf einmal superinteressant. Am Anfang passiert natürlich nichts, aber irgendwann hast du mal Zoff zu Hause und dann gibt's kein Halten mehr, wenn du verstehst, was ich meine?«
»Du hast es ja sehr anschaulich geschildert.«
»Sex oder Liebe«, grinst der Dicke, »du musst dich entscheiden. Beides geht nicht!«
»So ein Käse«, protestiere ich.
Tobi ist supersexy und ich bin total in ihn verliebt. Wir sind seit drei Jahren zusammen, und ich bin in der Zeit nie fremdgegangen. Warum sollte ich ausgerechnet wenn ich verheiratet bin damit anfangen?
»Schon klar«, lacht der Dicke, »ich wünsch dir viel Glück!«
Damit dreht er mir wieder den Rücken zu und pflügt uns den Weg durch den Seriendarstellerdschungel frei.
Ich bin froh, als ich endlich Lynn sehe, denn der Dicke hat

mir die Laune verdorben, und ich habe dringend Aufmunterung nötig.

Aber Lynn ist so beschäftigt, sich mit einem Typen zu unterhalten, dass sie mich kaum beachtet, als ich endlich neben ihr stehe.

»Wo warst du so lang? Wolltest du nicht Getränke besorgen?«

Ich reiche ihr das halbe Glas Prosecco, das die Reise überlebt hat, und sie kippt es in einem Zug.

»Warmer Prosecco«, sagt sie, »wie erfrischend, ich danke dir!«

»Gerne geschehen. Und wo ist mein Essen?«

Sie streicht mit der Hand über ihren Bauch.

»Du warst so lange weg und wir hatten Hunger, sorry! Ich glaube, du musst dich noch mal anstellen!«

Angesichts der Konkurrenz am Buffet wähle ich freiwillig den Hungertod.

Nina, keine Ahnung, wie spät?

»Blinddarm«, sagt der Arzt, »wir müssen sofort operieren.«

Majas Gesicht oder das, was unter der pinken Strähne davon zu sehen ist, erbleicht. Hilfesuchend guckt sie mich an.

»Aber die Kinderärztin hat doch gesagt, . . . ?«

»Anscheinend hat sie sich geirrt. Es tut mir so leid, Schätzchen.«

Maja seufzt, und ich lasse mir vom Arzt erklären, an welcher Stelle er vorhat, meine Tochter aufzuschneiden. Ich merke, wie die Übelkeit in mir hochsteigt. Maja nimmt meine Hand.

»Mama, bitte sei nicht sauer!«

»Wie kommst du darauf, mein Schatz, wieso sollte ich sauer sein?«

»Ich hab Mist gebaut!«

»Hast du nicht. Du kannst doch nichts dafür, dass dein Blinddarm am Durchbrechen ist, und außerdem hast du mich gerettet! Du weißt doch, dass ich diese Filmpartys sowieso nicht mag . . . !«

»Nicht deswegen. Ich hab dein Haarfärbemittel benutzt und 'ne totale Sauerei im Bad gemacht.«

»Meine Güte, Maja, musst du es immer gleich übertreiben? Ich finde, eine Strähne reicht, um cool auszusehen!«

»Ich hab Hund die Haare gefärbt.«

»Hund?«

»Ich will nicht, dass Papa sie weggibt, und ich dachte, mit gefärbtem Fell erkennen sie ihre Besitzer nicht wieder. Oder?«

Ich seufze.

»Mach dir jetzt mal darum keine Gedanken!«

Damit schließt sich die Tür zum OP hinter ihr und ich kann

nicht nichts mehr für sie tun außer Warten. Wieder mal. Meine Aufgabe als Mutter besteht heute anscheinend darin, auf meine Tochter zu warten und Klatschzeitschriften zu lesen. Im Gegensatz zu Kinderärztin und Friseur ist der im Rechts der Isar fürs Warten vorgesehene Raum ungemütlich grell beleuchtet, und es macht die Atmosphäre nicht gerade einladender, dass mich alle anstarren, als ich reinkomme. Vermutlich sind sie von den Glitzerpailletten geblendet, die im weißlichen Neonlicht reflektieren wie Nebelscheinwerfer. Mein Outfit entspricht eindeutig nicht der in Krankenhäusern erwarteten Kleiderordnung. Ich bin der einzige Glitzerfummel, es sitzen ein paar Jeans herum, ein Typ im Trainingsanzug, und eine Frau ist sogar in einer Art Schlafanzug erschienen, der sich wie eine Wurstpelle um ihren voluminösen Körper spannt. Über ihren Schultern hängt eine rosa Strickjacke. Die Wurst hat kurz den Kopf gehoben, jetzt wendet sie sich wieder ihrem Kreuzworträtsel zu. Auf wen wartet sie? Vermutlich auf ihren Mann, dem gerade die Fettleber entfernt oder ein Bypass gelegt wird. Ein Ehering hat sich über Jahre in den dicken Ringfinger ihrer rechten Hand eingegraben, vermutlich genauso lange wie die Frau ihren Mann mit fetten Buttersaucen gemästet hat, so dass er hier gelandet ist. Würde Olli Kreuzworträtsel lösen, wenn ich hier liegen und ein Arzt versuchen würde, das Fett aus meinen Arterien zu kratzen? Griechische Insel mit drei Buchstaben waagrecht, meine Frau ist wegen einer Überdosis Nutella hier. Sie hat sich damit vollgestopft, bis sie immer fetter wurde. Weiß der Henker warum?

Ich hoffe, dass Olli inzwischen gemerkt hat, dass ich mitsamt seinem Handy verschwunden bin, und mich anruft, aber als die Tür aufgeht, ist es nicht Olli, sondern Micha. Er hat auf dem Flur einen Colaautomaten geortet und reicht mir eine Dose.

»Und?«
»Ich hab Angst.«

Er nimmt meine Hand.

»Musst du nicht. Blinddarmoperationen sind Routinesache.«

»Nicht, wenn sie an meiner Tochter durchgeführt werden.«

»Wie lange dauert es denn?«

»Ungefähr 'ne halbe Stunde. Dann darf ich zu ihr in den Aufwachraum.«

»Ich leiste dir bis dahin Gesellschaft.«

Er legt den Arm um mich. Ich bewege mich unwillkürlich weg, so dass der Arm wie ein nasser Sack von meiner Schulter rutscht.

»Quatsch. Nein. Das musst du nicht. Geh zurück zur Preisverleihung!«

Aber Micha schüttelt den Kopf: »Ich muss mich doch um dich kümmern, wenn es dein Mann schon nicht tut!«

»Olli hat gesagt, ihr kennt euch?«

Micha winkt ab. »Kennen ist zu viel gesagt. Wir hatten mal miteinander zu tun.«

»Verstehe«, sage ich, obwohl ich nicht weiß, ob ich das tue, aber keine Lust habe, weiter mit Micha zu reden, »jedenfalls war es sehr lieb, dass du mich hergefahren hast, aber du musst nicht mit mir warten.«

Micha legt wieder den Arm um mich.

»Wozu sind heimliche Liebhaber da?«

Ist ein Liebhaber jemand, den man lieb hat, wenn der Mann, den man liebt, nicht da ist? Ich habe Micha nicht lieb. Ich hatte ihn noch nie weniger lieb als jetzt, wo ich mir nur wünsche, dass Olli auftauchen würde. Er fehlt mir. So sehr, dass es wehtut.

»Was ist los«, fragt Micha, »du bist ganz blass.«

»Mir ist schlecht.«

»Du hast wahrscheinlich noch nichts gegessen? Hast du Hunger? Ich bestell uns 'ne Pizza.«

»Nein, ich brauch keine Pizza.«

»Ok, dann Sushi. Was immer du willst, sag es mir!«
»Micha, du bist nicht mein Liebhaber.«
»Ach nein?«
»Nein. Das gestern war ein Ausrutscher, ich kann das nicht!«

Micha lacht. »Was kannst du nicht? Sex? Ich bring's dir gerne bei!«

Ich muss auch lachen, obwohl es nicht witzig ist, in einer neongrellen Halle mit einem Mann Schluss zu machen, mit dem man nie etwas hatte, während die eigene Tochter gerade mit Drogen voll gepumpt und dann aufgeschnibbelt wird.

»Ich hoffe, sie verträgt die Narkose!«
»Das wird sie. Nina, beruhige dich! O. k., der Sex gestern war keiner, jedenfalls nicht für dich, aber das hat doch nichts zu bedeuten.«
»Doch. Hat es. Es hat bedeutet, dass ich es nicht will.«
»Was?«
»Das Fremdgehen. Ich liebe Olli.«
»Ich dachte, er hört dir nicht zu und motzt dauernd wegen Alltäglichkeiten ...?«
»Das tut er. Er kann ein richtiger Kotzbrocken sein.«
»Wem sagst du das.«
»Du findest, dass mein Mann ein Kotzbrocken ist?«
»So ziemlich der größte, den ich kenne. Dafür sollte er einen Preis kriegen, nicht für seinen Film!«
»Du hasst Olli! Wieso das denn?«
»Ich hasse ihn nicht, ich finde nur, dass du etwas Besseres verdient hast. Zum Beispiel mich ...«
»Warum hast du mir nie gesagt, dass du Olli kennst?«
»Hab ich doch.«
»Ja, vor einer Sekunde.«
»Spielt das eine Rolle?«
»Anscheinend schon, sonst hättest du es mir ja früher schon mal gesagt.«

»Das wollte ich nicht, weil ich dachte, es würde alles komplizieren.«

»Komplizieren? Es wäre, verdammt noch mal, ehrlich gewesen!«

»Warst du ehrlich zu mir? Du hast gesagt, du bist gerne mit mir zusammen und das hätte nichts mit deinem Mann zu tun. In Wirklichkeit hast du mich benutzt, um ihm eins auszuwischen!«

»Hab ich nicht! Das ist totaler Quatsch. Ich fand es immer toll, mit dir zu reden. Ich brauchte dich. Für mich. Du warst mein Leben außerhalb der Familie, ohne Kinder. Ohne Smokings.«

»Smokings? Was redest du da?«

Er ist laut geworden und die Wurst blickt von ihrem Kreuzworträtsel auf. Sie guckt mich nachdenklich an. Wahrscheinlich überlegt sie, was die Glitzertusse und ihr Kerl hier machen? Ist es vielleicht so ein neuer Trend, sich statt in Bars in Krankenhauswartezimmern zu treffen? Törnt es sie an, dass nebenan Menschen aufgeschnippelt werden?

»Glaubst du, die operieren schon«, frage ich Micha.

»Keine Ahnung. Ich denke schon, klar. Aber das ist jetzt nicht das Thema. Nina, ich habe mich in dich verliebt! Ich hab am Anfang nicht damit gerechnet, dass es so kommen würde, aber jetzt ist es so!«

»Wie kannst du sagen, dass Maja nicht das Thema ist? Deshalb sitzen wir in einem Krankenhaus und nicht bei der Preisverleihung. Verdammt, warum ruft Olli nicht an?«

»Weil du sein Handy hast«, sagt Micha. Er sieht wütend aus. »Ich habe es satt, über Olli zu reden. Ich kann den Namen nicht mehr hören! Olli hier, Olli da. Olli nervt, aber ich liebe ihn. Wie süß!«

Ich habe nicht den Eindruck, dass Micha meine Gefühle für Olli wirklich so süß findet. Er sieht verärgert aus.

»Weißt du was, Nina«, schreit er, »du hast den Mann, den

du verdienst, und es ist nicht seine Schuld, dass du als Autorin kein Bein auf den Boden kriegst. Du willst dich ja von ihm und deinen Kindern auffressen lassen. Von mir aus kann er dich haben, solange er aufhört, das Leben anderer Leute zu ruinieren. Wenn es ihn nicht gäbe, würde ich heute Abend den Preis für den Fürst Pückler bekommen.«

Ich kann das alles nicht glauben. Ich weiß nicht, was ich noch glauben soll? Außer, dass meine Tochter gerade aufgeschnippelt wird wie eine Weihnachtsgans und Olli recht hat, dass Micha ein Sackgesicht ist.

»Olli ist der Produzent, der dir den Pücklerfilm versaut hat? Du hast mich wegen Olli angesprochen? Du wolltest mit mir ins Bett, um dich an Olli zu rächen?«

Micha schweigt, und das tun auch die anderen Leute, die uns beobachten. Die Wurstfrau hat ihr Kreuzworträtsel auf dem Schoß abgelegt und ihre fettumrahmten Äuglein gespannt auf mich gerichtet. Sie soll nicht enttäuscht werden, denke ich, es ist Zeit für den Showdown.

»Micha, verschwinde. Ich will dich nie wiedersehen!«

»Nina, hör mir zu. Es ist nicht so, wie du denkst!«

»Du hast mich belogen. Von Anfang an.«

»Ok. Ich habe dich angesprochen, weil ich wusste, dass du Ollivers Frau bist, aber dann habe ich dich besser kennen gelernt und mich in dich verliebt.«

»Du findest gar nicht, dass ich eine tolle Autorin bin? War das auch gelogen?«

»Was soll das, Nina? Du schreibst für eine Soap!«

Das tut weh und jetzt will ich zurückschlagen.

»Als kleine Soapschreiberin kann ich leider nicht beurteilen, ob du ein guter Regisseur bist oder Olli ein guter Produzent, aber er ist auf jeden Fall gut im Bett, und das bist du nicht!«

Golden Goal. Meinetwegen bin ich eine beschissene Autorin und kann keine Geschichten erfinden, aber meine Dialoge sind messerscharf und treffen das Publikum mitten ins Herz! Die Wurst hat ihre Augen so weit aufgerissen, wie es die Fettschicht auf den Backen erlaubt, und starrt uns an. Eine Glitzertusse, die einem Mann im Smoking Beleidigungen entgegenschreit, ist besser als Kreuzworträtsel. Das ist wie Fernsehen, nur besser. Die Dokusoap aus einem Krankenhaus in Ihrer Nähe. Schalten Sie Morgen wieder ein und erfahren Sie, wie es weitergeht. Der Mann im Smoking beschimpft die Frau, woraufhin die Frau ihm Cola über den Smoking kippt. Der Mann rauscht wütend ab. Ende der Szene.

Werbepause.

Die Glitzerfrau merkt plötzlich, dass ihr furchtbar kalt ist, und fängt an zu zittern. Daraufhin steht die Wurstfrau auf und legt der Glitzertusse ihre rosa Strickjacke um. Die Glitzertusse bemerkt es kaum, weil sie wie hypnotisiert auf ein Handy starrt, das nicht klingelt.

Klingel endlich, verdammtes Ding. Olliver, ruf mich an. Bitte!

Ich schlüpfe in die Strickjacke, deren schrille Pinkheit mein Outfit in der momentanen Situation noch absurder wirken lässt, als es ohnehin schon ist, und gehe an die Tür, hinter der Maja verschwunden ist. An der steht, dass Betreten verboten ist.

Es ist mir noch nicht oft passiert, dass ich einen Raum, in dem meine Tochter ist, nicht betreten darf. Zum zweiten Mal, um genau zu sein. Vor ein paar Monaten hatte Maja einen Zettel an ihre Zimmertür geklebt, der Olli und mir verbat, es zu betreten. Sie wollte ihre Ruhe haben, weil wir ihr mit unserer Streiterei auf die Nerven gingen. Wir hatten uns gestritten, weil ich Tonyas Kinder übers Wochenende eingeladen hatte, ohne Olli vorher zu fragen. Olli warf mir vor, rücksichtslos und egoistisch zu sein, weil ich hätte bedenken müssen, dass er am Wochenende seine Ruhe will. Ich hielt dagegen, dass er sich in dem Fall mit Tonya zusammentun sollte, die ebenfalls etwas Ruhe braucht, weil sie eine dicke Ehekrise hat, worauf Olli meinte, die hätten wir jetzt auch. Zwei Kinder und ein Hund sind einfach genug! An dem Punkt verschwand Maja türenknallend in ihrem Zimmer und Olli und ich genossen den einzigen kinderfreien Moment des Wochenendes und lasen in aller Ruhe Zeitung. Über unsere Ehekrise haben wir nicht mehr geredet und Tonya hat ihre mit Tennis spielen gelöst.

Eine halbe Stunde, hat der Arzt gesagt.

Ich habe das Aufundabgehen satt und beschließe, wieder im Sitzen zu warten. Wie lang ist eine halbe Stunde? Länger als man braucht, um nur mit einem Mann Schluss zu machen, den man nicht liebt. Danach hat man noch jede Menge Zeit, um das Handy anzustarren und zu hoffen, dass der Mann anruft, den man liebt, um ihm zu sagen, dass die Tochter gerade aufgeschnitten wird wie eine Weihnachtsgans und man Angst hat. Ich hoffe nur, dass die Ärzte sich diesmal nicht geirrt haben und es tatsächlich der Blinddarm ist, an dem Maja operiert werden muss. Dass sie aus der Narkose aufwacht. Nicht jetzt, aber wenn die OP vorbei ist. Dass die OP gut verläuft und die Ärzte nicht aus Versehen die Leber statt des Blinddarms entfernen. Eine halbe Stunde ist genug Zeit, um völlig durchzudrehen, besonders wenn man auf den Anruf des einzigen Menschen wartet, mit dem man darüber reden kann. Über die Kinder reden kann. Es ist schrecklich, dass ich jetzt nicht mit ihm reden kann, sondern alleine herumsitzen muss, während alle anderen Leute Kreuzworträtsel lösen, als wäre es das Normalste der Welt.

Ich greife nach einer Zeitschrift und schlage die Rätselseite auf. Nordamerikanischer Indianerstamm mit sieben Buchstaben. Keine Ahnung. Ackerrinne mit sechs Buchstaben. Woher soll ich das wissen? Bin ich Bäuerin? Größte der Dodekanesinseln. Was für Inseln? Noch nie gehört.

Ich gucke auf und sehe die Wurstfrau eifrig Kästchen ausfüllen. Sie scheint alles über Indianer und Ackerrinnen zu wissen. Angst verleiht Flügel. Meinem Mann wird ein Bypass gelegt, weil ich ihn mit Buttersaucen abgefüllt habe. Wenn er überlebt, schwöre ich, dass ich ab sofort nur noch mit Margarine koche. Die Wurstfrau schaut auf und unsere Blicke treffen sich.

»Germanische Liebesgöttin«, sagt sie traurig, »sechs Buchstaben.«

Ich weiß es nicht. Haben sich die alten Germanen geliebt? Wie viel Erotik kann entstehen, wenn Kerle Hüte mit Hörnern tragen und den lieben langen Tag Römer verkloppen, so dass die Frauen alleine Mammuts jagen und Windeln waschen müssen? Bei dem Stress hat frau keine Zeit, sich die Beine zu enthaaren oder Gedanken über romantische Candlelight-Dinners in der heimischen Höhle zu machen, geschweige denn für die Liebe. Ich schätze, die Frauen waren sogar für 'ne schnelle Nummer zu kaputt, nachdem sie ihre Kerle, die ebenso müde von ihren Kriegsspielen nach Hause gekommen waren, mit ein paar Fleischbrocken abgefüttert hatten. Und wenn sie dann in ihren kalten Höhlen auf stinkenden Tierfellen lagen, während die Kerle sich draußen am Lagerfeuer mit Met zulöteten, beteten die Frauen in aller Stille zu der Liebesgöttin, deren Namen moderne Frauen wie die Wurst und ich nicht mehr kennen, dass die Römer den Krieg endlich gewinnen mögen, und schliefen mit dem Gedanken an die Sieger in ihren knappen weißen Tuniken ein. Am nächsten Morgen verlangten sie von ihren Männern, etwas weniger Krieg zu machen und ihnen einen Teil der Hausarbeit abzunehmen. Außerdem sollten sie ihre bescheuerten Hüte nur noch an Fasching tragen. Die Männer haben zwar protestiert, sind aber letztlich auf die Forderungen eingegangen, weil sie die Metsauferei als alleinige Abendunterhaltung auf Dauer auch langweilig fanden. Freyja sei Dank.

»Freyja«, sage ich.

»Schalten Sie sofort ihr Handy aus, Sie sind hier in einem Krankenhaus!«

Nicht Freyja, sondern eine Krankenschwester, die deren Segen brauchen könnte, weil sie überarbeitet und sexuell unterversorgt wirkt, steht vor mir und guckt mich so streng an, dass ich den Befehl augenblicklich befolge.

»Sie dürfen jetzt zu ihrer Tochter«, sagt sie dann, »es geht ihr gut.«

Sarah, nach Mitternacht und vier Gläsern Prosecco

Nachdem ich den Kampf um Nahrung verloren habe, widme ich mich umso intensiver der Flüssigkeitszufuhr, die jetzt, nachdem die ersten Betrunkenen bereits nach Hause getorkelt sind, reibungslos abläuft. Es herrscht inzwischen sogar ein gewisses Überangebot, weil von allen Seiten Kellner herbeiströmen und einen förmlich darum betteln, mehr zu trinken. Wahrscheinlich sind sie erschöpft und tun alles, damit der Prosecco endlich alle wird und sie nach Hause können.

Melanie und ich stehen an der Bar und unterstützen die Kellner in ihrem Bestreben, während Lynn die am Buffet angefressenen Kalorien abarbeitet, indem sie auf der Tanzfläche herumhampelt. Sie flippt komplett aus, wie immer, wenn sie zu alten 80er Songs tanzt, und da hier anscheinend so eine Art 80er Revival tobt, hat Lynn heute Abend viel Gelegenheit, Kalorien zu verbrennen. Wenn ich nicht so verdammt hungrig und betrunken wäre, würde ich dasselbe tun.

»Wer ist'n der Kerl, mit dem deine Freundin da tanzt«, erkundigt sich Melanie, »ich kenn den irgendwoher?«

Der Typ, der meine Essensration verdrückt hat, sieht aus wie ein Klon von Mel Gibson, nur in klein. Und das, obwohl der Leinwandgigant in der Live-Version auch nicht gerade groß ist. Ich habe ihn letztes Jahr auf einer Filmpremiere kennen gelernt und mich sogar ganz nett mit ihm unterhalten. Er hat die schönsten blauen Augen seit Paul Newman, und wer weiß, was aus uns hätte werden können, wenn ich nicht von seiner Größe enttäuscht gewesen wäre. Aber was hatte ich erwartet? Schauspieler sind meistens Zwerge.

»Was weiß ich, wie der Kleine heißt? Seh ich so aus, als hätte ich 'ne Fernsehzeitschrift abonniert?«

»Stimmt irgendwas nicht?«

Vieles stimmt nicht. Ich möchte Tobias anrufen und ihn fragen, wie er zu Fremdgehen steht. Ob es automatisch interessant wird, wenn man verheiratet ist, und ob es unsere Ehe zerstören würde? Aber es ist zu spät, um ihn anzurufen. Er schläft bestimmt schon in seinem Hotel und ich muss hier bleiben und weiter arbeiten. Versuchen, das Luder irgendwie unterzubringen, vorausgesetzt, ich finde sie in der Menge jemals wieder. Davon abgesehen würde es auch nichts bringen, Tobi anzurufen, weil ich weiß, was er sagen würde: Bist jetzt total durchgedreht, Sarah?

Solche Sprüche sollen mich beruhigen, tun es aber nicht.

»Puh, bin ich am Ende!«

Lynn und ihr Mel-Zwerg sind an die Bar gekommen.

»Da merkt man, dass man nicht jünger wird!«

Alle lachen, außer mir. Ich habe heute schon genug Probleme und will mich jetzt nicht auch noch mit meinem körperlichen Verfall beschäftigen.

»Ich muss mal«, verkündet Lynn, »c u!«

Damit verschwindet sie und lässt mich mit Mel-Zwo allein.

Er versucht irgendeinen Smalltalk, worauf ich aber nicht einsteige. Da ich inzwischen angetrunken genug bin, um wildfremde Leute mit meinen Problemen zu belästigen, erzähle ich Mel-Zwo davon.

Er lacht nur.

»Es ist völlig normal, vor 'ner Hochzeit kalte Füße zu bekommen.«

»Ich hab keine kalten Füße!«

»Hast du doch. Hochgradig!«

»Und was kann ich dagegen tun?«

»Mach dir einfach klar, dass der Rest der Welt dich tierisch um deine Hochzeit beneidet.«

»Tut er das?«

»Schau mich an: Ich platze vor Neid. Was glaubst du, wie

satt ich es habe, Single zu sein? Es ist die Hölle. Ein, zwei Jahre kriegt man ja noch rum, aber länger ist tödlich! Es sieht nur im Fernsehen so aus, als hätten Singles jede Menge Sex und könnten sich vor Angeboten nicht retten. Die Wirklichkeit ist total anders. Erstens lernst du nur alle Schaltjahre mal jemanden kennen, den du nett findest, und dann geht der Stress erst richtig los: Diese Dates! Das erste Date ist doch die Pest! Du machst auf witzig, obwohl du eigentlich ganz unsicher bist, leierst dein Repertoire an Anekdoten runter, die du schon so oft erzählt hast, dass dir beim Zuhören das Kotzen kommt.«

»Ich mag erste Dates. Sie sind so aufregend.«

»Ach wirklich? Bauch rein, Busen raus, hoffentlich bin ich witzig, hoffentlich stinke ich nicht aus dem Mund? Also, wenn ich Aufregung will, geh ich zum Wildwasserrafting. Oder zum Klettern. Beim Sex muss ich locker sein, und dazu brauche ich Sicherheit. Die Freiheit, mich fallen lassen zu können.«

Er hat recht. Es geht mir genauso. Ich stehe auch nicht auf den freien Fall ohne Netz.

»Und das Schlimmste ist der Morgen danach«, sinniert Mel-Zwo weiter, »wenn du rausfindest, dass die heisse Affäre deine Uhr geklaut und als Dankeschön 'ne Geschlechtskrankheit hinterlassen hat. Das ist nichts für mich, nein danke!«

»Ist dir das passiert?«

»Nein. Aber 'nem Kumpel. Der musste dann paar Monate pausieren. Mein schlimmstes Erlebnis war ein durchgeknallter Fan, der meine halbe Wohnung in Schutt gelegt hat. Meine Katze war so verschreckt, dass sie sich im Schrank versteckt hat und meine Fotoalben vollgepinkelt hat!«

Ich muss lachen und der Panikanfall ist wie weggeblasen. Zumindest für den Moment. Aber wenn er wiederkommen sollte, weiß ich, was ihn vertreibt. Ich muss einfach an Mel-Zwos Katze denken.

»Danke! Du hast mir das Leben gerettet!«

Ich falle ihm um den Hals.

»Schön, dass ihr euch so nahe gekommen seid, während ich zwei Sekunden auf dem Klo war«, grinst Lynn.

»Ich kenne dich. Ich habe jeden deiner Filme gesehen!«

Das Luder hat sich unbemerkt angepirscht und sich so nah vor Mel-Zwo aufgebaut, dass ich allein beim Hingucken Platzangst bekomme.

Mel-Zwo lächelt und guckt Huberts Geburtstagsgeschenke, die sie ihm unter die Nase gedrückt hat, fasziniert an. Lynn seufzt genervt.

Deshalb erzähle ich dem Luder von dem Angebot des Dicken, woraufhin sie unverzüglich ihre Titten aus Mel-Zwos Gesicht nimmt und davonstürmt, um sich in die Münchner Brunnen zu stürzen. Lynn sieht wieder glücklich aus, und ich torkle dem Luder hinterher, um sie davon abzuhalten, weiteren Unsinn zu machen. Dafür bin ich schließlich hier.

Als ich sie finde, hat sie ihre Ballons in den Oberkörper des Produzenten vergraben, und der Dicke macht ein Foto davon.

»Gratuliere zum Preis«, sage ich, als das Blitzlichtgewitter zu Ende ist.

Der Produzent lächelt und behauptet, der Preis sei nur eine Art Zugabe, es sei Ehre genug, überhaupt nominiert zu sein.

»So einen Preis zu kriegen hat nur mit Politik zu tun«, erklärt er, obwohl ich das nicht so genau wissen wollte, »Absprache unter Interessensgruppen. Wenn es um die Qualität der Filme ginge, hätten ganz andere Leute einen Preis verdient.«

Obwohl sein Sprachvermögen etwas eingeschränkt ist, weil er anscheinend auch schon ordentlich getrunken hat, verstehe ich, was er meint. Ich habe seinen Film zwar nicht gesehen, aber die Ausschnitte, die heute Abend gezeigt wurden, reichten aus, um beurteilen zu können, dass es ein ziemlich unterdurchschnittlicher Schmalzschinken ist. Da wir gerade beim Thema sind und man die Gelegenheit, mit Kunstschaffenden zu reden, ja nutzen soll, damit sie Feedback kriegen, will ich ihm meine Meinung über sein Machwerk kundtun, aber Schmalzschinken ist ein verzwicktes Wort, wenn man ein paar Gläser zu viel Prosecco hatte, und während ich noch versuche, es mit Stil und Würde über die Lippen zu bringen, fällt mir das Luder ins Wort.

»Wo ist eigentlich Ihre Frau«, fragt sie, »begleitet sie Sie nicht zu solchen Events?«

Ich finde die Frage etwas indiskret, und die Reaktion des Produzenten zeigt, dass er sie auch nicht besonders gut fand. Er sieht verärgert aus. Ich kann es ihm nicht verdenken.

Um weiteren Unfrieden zwischen dem Luder und ihrem potentiellen zukünftigen Arbeitgeber zu verhindern, rate ich ihr, sich den Dicken zu schnappen und bezüglich des Brunnentermins Nägel mit Köpfen zu machen. Das Luder ist einverstanden, aber der Dicke hat ein Problem. Er kann nicht wirklich beurteilen, ob Frau Rosentreter für eine Nacktstrecke geeignet ist, meint er, weil er sie ja noch nie nackt gesehen hat. Frau Rosentreter schiebt ihm daraufhin Huberts Möpse in die Wampe und entgegnet mit verführerischem Tremolo in der Stimme, dass es ein Leichtes sei, dieses Hindernis umgehend zu beseitigen. Das nenne ich positive Arbeitseinstellung!

Nachdem dieser Job erledigt ist, beschließe ich, für heute Schluss zu machen und nach Hause zu gehen. Doch als ich mich von dem Produzenten verabschiede, muss irgendwas in der Kommunikation schief gelaufen sein, denn er reagiert nicht darauf.

»Meine Frau interessiert sich nicht für solche Partys«, sagt er stattdessen, »sie findet sie öde und schiebt ständig etwas mit den Kindern vor, um sich zu drücken.«

So sehr ich der Produzentenfrau in Bezug auf die Partys recht geben kann, wenn Tobias ein Preis verliehen würde, käme ich mit. Ich würde den ganzen Abend an seiner Seite sein, ihn bewundern und anhimmeln, bis er das Gefühl hat, der König der Welt zu sein, was wiederum mir zugute kommt, wenn wir nach der Party alleine sind. Erfolg ist sexy, weil er selbstbewusst macht, und selbstbewusste Männer sind gute Liebhaber. Ich frage mich, ob der Produzent ein guter Liebhaber ist?

»Tanzen«, sage ich und lächle ihn an.

Der Produzent guckt etwas perplex, dann lacht er.

»Das kann ich Ihnen nicht zumuten!«

Er lacht wieder und sein Lachen ist sehr sexy.

»So schlimm?«

»Schlimmer!«

Er lässt seine Hüften kreisen und wedelt mit den Armen in der Luft. Jetzt muss ich auch lachen.

Daraufhin nimmt der Produzent meine Hand und zieht mich zu sich heran. Er fühlt sich gut an, und ich finde, dass er prima tanzt. Als ich ihm das sage, lacht er wieder. Diesmal anders, sehr selbstbewusst. Ich kann mir vorstellen, dass er ein guter Liebhaber ist.

»Habe ich Ihnen eigentlich schon zu ihrem Film gratuliert«, frage ich, »ich fand ihn ganz großartig!«

Er lacht wieder, und da fällt mir siedend heiß ein, dass ich mich in so einer Situation an etwas erinnern sollte, das mir Mel-Zwo erzählt hat. Es hatte, glaube ich, mit einer Katze zu tun. Aber ich erinnere mich nicht. Verdammter Prosecco!

Nina, ein Uhr dreiundzwanzig und sieben Sekunden

Die Zeit steht still. Bis auf ein spärliches Licht, das von der Lampe neben dem Bett kommt, ist es dunkel im Zimmer. Maja schläft. Regungslos wie eine Puppe, nur ihre Augenlider bewegen sich wie Flügel eines Schmetterlings, bevor er losfliegt.

Ich liege auf dem Bett daneben und beobachte sie. Der Schmetterling könnte jede Sekunde seine Flügel anheben und wegfliegen, und ich möchte da sein, falls er einen Platz zum Landen sucht.

Damit ich nicht doch einnicke, stehe ich auf und setze mich zu ihr. Die pinke Strähne liegt quer über ihrem Gesicht. Als ich sie zurückstreiche, flattern die Flügel wild auf, dann senken sie sich und bleiben ruhig liegen.

Früher bin ich oft an Majas Bett gesessen und habe gewartet, bis sie eingeschlafen war. Das ist lange her. Vor der Zeit von Cunnilingus und pinken Strähnen. Damals hatte sie Angst vor Monstern, die durch die Fensterritzen kriechen und sie auffressen. Ich schob Wache, weil das einfacher war, als ihr klar zu machen, dass es keine Monster gibt. Heute glaubt sie nicht mehr an Monster. Sie geht ohne Proteste ins Bett, schmökert in ihrer Bravo, bis die Schmetterlinge müde sind, und dann schläft sie ein und träumt von pinken Haaren und Justin Timberlake oder irgendwelchen anderen Kerlen, die sie aus dem Fernsehen kennt.

Inzwischen glaube ich an Monster und kann aus Angst vor ihnen nicht schlafen. Aber es hat nichts genützt, Wache zu halten, ein Monster hat sich trotzdem eingeschlichen und lebt jetzt bei mir. Von mir. Wenn ich nicht schnell etwas dagegen unternehme, hat es mich bald ganz aufgefressen.

Mein Monster heißt Routine. Es hat einen Riesenhunger und frisst sich durch meinen Körper. Ich kann noch so viel Nutella in mich reinstopfen, um den Gewichtsverlust auszugleichen, es ist nur eine Frage der Zeit, wann es mich ganz verschlingt und ich verschwunden bin. Unsichtbar. Ich will das nicht und wehre mich, aber das Monster interessiert sich einen Dreck für meine Gefühle, ihm geht es nur um seine Routine. Um die einzuhalten, ist ihm jedes Mittel recht. Und dabei ist es nicht einmal besonders fantasievoll in der Wahl seiner Waffen, und warum sollte es auch? Die bewährten Tricks wie schmutziges Geschirr auf dem Tisch, dreimal am Tag, mehr als zehn Jahre lang, reichen, um mich zu schwächen, und der Rest ist ein Kinderspiel. Wenn es jetzt noch ein paar Smokings und Fußballtrainings ins Rennen schickt, fühle ich mich hohl und leer und muss Nutella essen.

Nutella zu essen ist nicht die inspirierteste Art, das Fließband anzuhalten und eine Auszeit zu nehmen, aber es ist meine. Andere Mütter spielen Tennis. Sie fahren sportliche kleine Autos und haben sportliche kleine Affären mit dem Tennislehrer, aber das kann ich nicht. Ich mochte Männer mit blondierten Haaren noch nie. Der Hype, der um Beckham gemacht wird, geht spurlos an mir vorüber.

Das Routinemonster ist mir nicht unbekannt, ich habe als Studentin an einem Fließband gearbeitet. Es war mit Abstand der ätzendste Job, den ich je hatte, aber Melanie und ich hatten uns in den Kopf gesetzt, zu einer Party nach Ibiza zu fahren, und brauchten dringend das Geld für den Flug. Also saßen wir die nächsten sechs Tage vor dem rotierenden Band und steckten Schrauben ineinander.

Bis dahin hatte ich gedacht, dass Schrauben in dem Zustand zur Welt kommen, in dem sie später verkauft werden, oder gar nichts gedacht. Jedenfalls nicht in Bezug auf Schrauben. Schrauben kommen aus der Fabrik und Milch aus Kartons. Das glaubte Lucas noch bis vor kurzem, trotz aller Versuche, ihn anhand einschlägiger Literatur von einer anderen Wahrheit zu überzeugen. Aber Lucas ist dem geschriebenen Wort gegenüber misstrauisch, was daran liegt, dass sich seine Erfahrungen nicht mit denen decken, die Harry Potter in der Schule macht. Als ich kapierte, dass die Theorie nicht ausreicht, um meine Beteuerungen zu stützen, fuhr ich mit ihm zu einem Bauernhof, um sie anhand der Praxis zu verifizieren. Seitdem trinkt Lucas keine Milch mehr, weil er es eklig findet, eine Flüssigkeit zu sich zu nehmen, die aus einem Tier kommt. Ähnlich ahnungslos war ich in Bezug auf Schrauben gewesen und habe, seit ich in der Fabrik gearbeitet habe, nie wieder welche gegessen.

Haha.

Es ist schwer zu glauben wie lang ein Tag sein kann, wenn Metallteile auf einem Band an einem vorbeiziehen. Unsere Aufgabe war es, die Teile so ineinander zu stecken, dass sie verbunden eine Schraube bildeten. Angesichts der unendlich vielen Teile wurde mir klar, wie wichtig Schrauben für unser Leben sind. Alle Welt braucht Schrauben. Möbel werden geschraubt, Autos, Fernseher, Flugzeuge, Küchenmaschinen, sogar die kleine Uhr, die Olli mir zu unsrem letzten Hochzeitstag geschenkt hat, ist mit winzigen goldenen Schrauben ineinander gefügt. Schrauben sind der Grundbaustein unseres Lebens, ohne sie würde die Welt, wie wir sie kennen, nicht existieren. Sie würde schlichtweg auseinander fallen. Insofern sind Schrauben wichtiger als Uhren oder Nutella, von deren Existenz wir nichts wüssten, weil es ohne Schrauben keine Fernseher gäbe, in denen uns die Werbung davon informiert.

Doch trotz der kulturtragenden Bedeutung unseres Jobs fiel es Melanie und mir sehr schwer, ihn zu verrichten, weil wir wegen der hypnotischen Wirkung des ewig rotierenden Fließbands Probleme hatten, die Augen offen zu halten. Vielleicht war aber auch nur das ungewohnt frühe Aufstehen daran schuld. Am zweiten Arbeitstag gingen wir um neun ins Bett, eine Uhrzeit, in der wir uns eigentlich hätten fertig machen müssen, um auf die Erstsemesterabschlussparty zu gehen. Der Verzicht darauf hat insofern geholfen, als uns am dritten Tag nicht mehr die Augen vor Müdigkeit zufielen, als wir auf das Band starrten, worüber ich mich aber nur so lange freuen konnte, bis ich mitkriegte, dass der süße Typ aus unsrem Semester, auf den ich damals scharf war, auf der Party mit einer anderen herumgeknutscht hatte, mit der er dann bis zur Zwischenprüfung zusammen war. Danach verlor ich ihn aus den Augen und traf ihn erst Jahre später im Englischen Garten wieder.

Er hatte sich überhaupt nicht verändert. Immer noch dieselben weiten Jeans, die den Ansatz seiner knackigen Arschbacken freilegte, und die wuscheligen Locken. Er studierte wieder. Oder immer noch, weil er damals, als er unsere Zwischenprüfung verbaselt hatte, gemerkt hatte, dass ihn Theaterwissenschaften nicht wirklich interessierten, und er lieber Bühnenbildner werden wollte. Doch die Aufnahmeprüfung auf die Kunstakademie war unmöglich zu schaffen gewesen, deshalb hatte er jetzt mit Politik angefangen, und seine neue Freundin war auch Erstsemester. Als ich ihm erzählte, dass ich verheiratet war und mein erstes Kind erwartete, sagte er, unsere Generation sei hoffnungslos verspießert und habe keine Ideale mehr. Ich hatte keine Zeit, ihm zu erklären, dass ich es sehr idealistisch von mir fand, Mutter zu werden, weil ich zum Schwangerschaftskurs musste, aber ich weiß noch genau, wie dankbar ich in dem Moment war, dass mir die Schraubenfabrik diesen Typen erspart und ich Olli getroffen hatte.

Das war eine späte Erkenntnis, denn in der Fabrik war ich todunglücklich gewesen. Liebeskummer an sich ist schlimm, und es macht die Sache nicht leichter, wenn man ihn am Fließband hat. Aber Melanie sagte, Ibiza würde mich aufmuntern, und deshalb schraubte ich, was das Zeug hielt.

Am vierten Tag wurde es Routine, und ich überlegte, wie

ich die Arbeit aufregender gestalten könnte. Mein erster Plan war, mich mit der Fließbandnachbarin zu unterhalten, was nur so lange gut ging, bis die Frau sich beim Vorarbeiter beschwerte, dass mein Gequassel sie von der Arbeit ablenkte. In den Schweigeminuten, die auf den Rüffler des Vorarbeiters folgten, entdeckte ich, wie ungemütlich die Fabrikhalle war, und fing an, sie aufzuräumen. Am nächsten Tag schleppte ich Poster an, die ich in einem Müllcontainer vor einem Reisebüro gefunden hatte. Doch der Vorarbeiter fand die Bilder von tropischen Stränden der Arbeitsmoral nicht zuträglich, zumal, wie er meinte, sich von dem Gehalt, das man hier verdiente, sowieso keiner Urlaube in die Tropen leisten konnte. Also wanderten die Poster ins Altpapier und ich zurück ans Fließband. Da mir der Vorarbeiter erklärt hatte, dass es bei dem Job nicht darum ging, neue Betätigungsfelder zu erschließen, sondern seine Energien auf die Schrauben zu konzentrieren, tat ich das und steckte wie der Teufel. Ich arbeitete in einem solchen Tempo, dass die anderen am Fließband nicht mithalten konnten und sich wieder über mich beschwerten. Der Vorarbeiter, der uns ohnehin auf dem Kieker hatte, weil Melanie ihm eine gescheuert hatte, als er versuchte, sie vor den Klos zu küssen, feuerte uns daraufhin. Wir sind dann trotzdem nach Ibiza gefahren, weil wir auf dem Heimweg an der S-Bahn-Station ein Los gekauft und den ersten Preis gewonnen hatten. Während ich Liebeskummer hatte, vergnügte Melanie sich die ganze Woche mit einem eingeborenen Potenzwunder, aber im Nachhinein ist das o. k., denn als wir wieder in München waren, habe ich Olli getroffen. Manchmal ist der Weg zum Happy End eben etwas verschlungen.

»Alles in Ordnung bei Ihnen?«

Freyja steht in der Tür und mustert mich mit strengem Blick.

»Es geht ihr gut«, sage ich.

»Dann legen Sie sich jetzt auch hin und schlafen!«

»Mach ich«, sage ich, weil ich seit der Sache mit dem Handy weiß, dass Freyja keinen Widerspruch duldet. Aber Freyja erkennt eine Lüge, wenn sie vor ihr steht.
»Sie müssen sich keine Sorgen machen«, sagt sie.
»Ich weiß.«
Ich habe wieder gelogen und Freyja weiß das.
»Soll ich Ihnen ein Schlafmittel bringen?«
Sie guckt auf einmal ganz ungermanisch weich, wie eine Liebesgöttin, die den Arm um mich legen und mich trösten wird. Mir sagen wird, wie ich das Monster vertreiben kann. Einen Moment lang will ich ihr davon erzählen, überlege es mir dann aber anders.
»Nein danke. Aber hätten Sie vielleicht einen Stift und etwas Papier?«

Sarah, Freitag (ist doch Freitag, oder??), morgens

Als ich aufwache, muss es Tag sein. Das Licht brennt in meinen Augen, also schließe ich sie ganz schnell wieder.

Dann mache ich sie vorsichtig einen Minispalt weit auf. So weit ich das durch die Sehschlitze beurteilen kann, ist es kein richtig heller Tag. Der Himmel sieht aus wie Haferschleim. Vielleicht bin ich ja krank? Am besten die Augen zumachen und weiterschlafen.

Oder doch lieber aufstehen und Haferschleim essen?

Der Versuch, aufzustehen, scheitert daran, dass sich das Zimmer um mich dreht und ich seekrank werde. Den Weg zur Türe würde ich nicht unbeschadet überstehen. Es sind mindestens drei Meter. Drei Meter voller Hürden aus Schuhen und Klamotten. Haufenweise schwarz und als farblicher Kontrast eine mittelblaue Männerunterhose. Ich muss Tobias klarmachen, dass wir in unserer verheirateten Höhle diese ferngesteuerten Vorhänge brauchen, die man vom Bett aus per Knopfdruck zuziehen kann. Geizig wie er ist, wird er wahrscheinlich megamässig meckern, aber wenn er mich haben will, muss er Kompromisse machen. Ich muss dafür schließlich Schränke im Bad ertragen. Meinetwegen darf er das ganze Bad damit zubauen, Hauptsache, ich kriege meine Vorhänge.

Am besten in off-white, wie mein Hochzeitskleid. Alles, nur nicht mittelblau.

Ich frage mich, seit wann Tobias mittelblaue Unterhosen trägt? Da denkst du, du kennst einen Mann und sein Unterhosenrepertoire, und dann das! Das Leben ist voller Überraschungen. Sogar Männer sind es.

Wenn ich die Augen schließe, tut der Kopf nicht weh. Aber

das Zimmer dreht sich trotzdem, und aus dem Bad kommen Geräusche.

Jemand duscht.

Das Plätschern des Wassers beruhigt mich, und ich bin kurz davor, wieder einzuschlafen, als ich plötzlich ein schrilles Klingeln im Ohr habe. Tinnitus, denke ich, jetzt brennt 'ne Synapse durch. Das Geräusch kommt direkt aus meinem Kopf, doch als ich schnell das Kissen über den Kopf ziehe, klingt es etwas gedämpfter. Aber nicht leise genug, um weiter zu schlafen. Das Gebimmel ist Folter. Um ihr zu entgehen, riskiere ich fast meinen Mageninhalt, als ich nach dem Hörer taste, der irgendwo unter dem Bett versteckt sein muss. Endlich finde ich ihn, und dazu eine Brille, die nicht mir gehört.

»Hallo?«

»Hm?«

»Sarah, bist du's?«

»Ja. Wer denn sonst?«

Wer ist die Person? Wer ist so penetrant und ruft mich im Morgengrauen an?

»Ich dachte, dein Anrufbeantworter«, sagt das Luder, »die Stimme klang so komisch. Hast du geschlafen?«

»Natürlich nicht. Ich bin um die Zeit immer wach!«

»Sag blosss, er ist noch da?«

»Wer?«

»Na wer wohl? Borchert.«

»Was sollte der denn hier?«

»Ich dachte nur. So, wie ihr geflirtet habt!«

Ich bin schlagartig hellwach. Tobias trägt weder Brille noch mittelblaue Unterhosen. Tobias ist in Mailand.

»Ich wollte dir nur danken, dass du dich ssso für mich ins Zeug gelegt hast!«

»Schon gut, dafür sind Agenten da!«

»Also, krieg ich jetzt 'ne Rolle in der Serie, oder nicht?«

»Corinna, ich muss weiterschlafen«, sage ich und lege auf.

Ich muss jetzt einfach nur schlafen, und wenn ich aufwache, stellt sich heraus, dass alles nur ein Traum war.

Aber als ich die Augen schließe, sehe ich mich mit dem Unterhosenträger tanzen. Ich habe Panik, weil Tobias der letzte Mann ist, den ich in meinem Leben küssen darf, und denke, dass diese Rechnung aber erst von dem Zeitpunkt meiner Hochzeit an gilt. Davor darf ich küssen, wen ich will, und das tue ich dann, indem ich den Produzenten küsse. Er leistet erstaunlich wenig Widerstand, und etwas später liegen wir auf meinem Bett und haben Sex, als gäbe es kein Morgen und keine Hochzeit. Es war ein Traum. Ein schöner Traum, aber er passt nicht mit meinen Hochzeitsplänen zusammen, deshalb lasse ich die Augen geschlossen und warte darauf, dass er vergeht. Dass er von einem anderen abgelöst wird. Man kennt das ja von Träumen. Sie sind nichts als Schäume, wild durcheinander geworfene Bilder, Projektionen des Unterbewusstseins. Mein Unterbewusstsein ist anscheinend mit dem des Dicken verwandt, jedenfalls lässt sich der Sextraum mit Borchert nur so erklären, dass ich wegen der Hochzeit kalte Füße habe. Aber angeblich ist das ja normal!

»Sarah?«

»Hm.«

»Ich muss jetzt gehen.«

»Ok.«

So einfach ist das. Träume gehen von alleine. Wenn ich das nächste Mal die Augen aufmache, wird die Unterhose verschwunden sein, und der Traum mit ihr. Na also!

»Ähm, Sarah? Kann ich vorher mal kurz dein Telefon benutzen?«

Ich muss die Augen aufmachen, um den Hörer zu finden, und da sehe ich Oliver Borchert. Er ist kein Traum, sondern sucht seine Brille, und dann zieht er sich ganz real seine mittelblaue Unterhose an.

Nina, acht Uhr fünfundvierzig in einem neuen Leben

Fertig, aus und vorbei.
Happy End.
Der Junge und sein Hund haben es geschafft. Sie haben das Nutellamonster zurück in sein Glas gesperrt und die Familie gerettet.
»Sie haben ja gar nicht geschlafen!«
Freyja steht mit einem Tablett in der Tür.
Sie hat recht, und ich habe kein Auge zugetan, weil ich Monster bekämpfen musste. Meine Waffe ist die Geschichte von einem kleinen Jungen, der fürchtet, dass seine Eltern sich trennen werden. Seine Waffe im Kampf gegen die Angst ist Nutella, bis er einen Hund bekommt. Es ist nicht gerade Harry Potter, und mir ist klar, dass sich niemand um die Filmrechte reißen wird, aber mir hat die Geschichte geholfen. Vielleicht schaffe ich es ja in Zukunft ohne Nutella?
Aber Freyja kann nicht ahnen, dass es in dieser Nacht wichtigere Dinge für mich gab als zu schlafen.
»Sie hätten sich ausruhen sollen«, sagt sie streng.
Die germanische Göttin stellt mit regungsloser Miene ein Tablett auf den Tisch und zieht die Vorhänge auf.
»Essen Sie«, sagt sie dann, »gleich kommt die Visite. Wenn ihre Tochter aufwacht, klingeln Sie nach meiner Kollegin. Meine Schicht ist jetzt zu Ende.«
Damit lässt sie mich mit der schlafenden Schmetterlings-Maja und dem dürftig gedeckten Frühstückstablett allein. Da ich der Frischoperierten nicht die einzigen beiden vertrockneten Toastscheiben wegessen will, widersetze ich mich der göttlichen Anordnung und beschränke mein Frühstück aufs Trinken. Die Flüssigkeit, die ich in meine Tasse gieße, ist unde-

finierbar. Der Farbe nach zu urteilen könnte es sowohl Tee als auch Kaffee sein, schmeckt aber nach keinem von beidem. Ich muss Olli anrufen, denke ich, er muss mir frische Klamotten vorbeibringen. Und Tee, der nicht nach Spülwasser schmeckt.

Ich schalte das Handy an, doch als die Uhrzeit auf dem Display erscheint, entscheide ich mich, Olli noch schlafen zu lassen. Da das Frühstück weder trinkbar noch essbar und meine Geschichte fertig geschrieben ist, bleibt mir wieder mal nichts anderes übrig als zu warten, dass die Zeit vergeht.

Ich muss kurz eingenickt sein, denn als das Handy bimmelt, ist Maja wach.

»Wie fühlst du dich, mein Schatz?«

»Gut. Willst du nicht ans Telefon gehen? Das ist bestimmt Papa.«

»Warum gehst du nicht ans Telefon«, fragt Olli.

Er hört sich verärgert an. Wie neulich im Supermarkt. Wie so oft in letzter Zeit.

»Sorry, ich musste das Handy ausschalten, weil . . .«

». . . du nicht gestört werden willst, wenn du dir 'ne heiße Nacht mit deinem Liebhaber machst. Klar!«

»Olli? Bist du betrunken?«

»Und wenn schon? Ich bin jedenfalls lange nicht so betrunken, dass du mich für blöd verkaufen kannst!«

»Ich hab keine Ahnung, wovon du redest?«

»Glaubst du, ich hab nicht gesehen, wie du mit diesem Micha von der Preisverleihung abgehauen bist? Ihr hattet es verdammt eilig. Ihr habt den Hinterausgang genommen. Wie clever! Ich hab mich ja gleich gewundert, dass du überhaupt die Gnade hattest, mit mir dahin zu gehen. Jetzt weiß ich, warum!«

»Olli, das war nicht so, wie du denkst . . .«

»Ach, sei still, ich hab keinen Bock auf deine Lügen. Der Kerl ist doch der Grund, weshalb du in letzter Zeit so komisch zu mir bist.«

»Olli, verdammt noch mal! Halte mal die Luft an und hör mir zu ...!«

»Wozu denn? Damit ich mir weitere Lügen anhöre? Dass du mit dem Kerl nur arbeitest, dass du mit ihm 'ne Geschichte entwickelst? Welche denn? Die vom Ende unserer Ehe? Aber weißt du was, Nina? Mach nur, mein Leben ist prima ohne dich. Ich habe den Preis gewonnen und ich habe mir den Abend nicht von dir nicht verderben lassen. Nur so viel zu deiner Information, und jetzt genieße das Frühstück mit deinem Lover!«

Dann tutet es in der Leitung. Ich lege das Handy weg und Maja guckt mich mit großen Augen an.

»Wer war das?«

»Frag lieber, was das war?«

»Das war Papa. Ich hab seine Stimme gehört. Wann kommt er?«

»Ich weiß es nicht.«

»Warum wollte er nicht mit mir reden?«

»Er weiß nicht, dass du im Krankenhaus bist.«

»Warum hast du es ihm denn nicht gesagt?«

»Weil er mich nicht hat zu Wort kommen lassen.«

»Dann ruf ihn zurück und sag es ihm.«

Ich wähle unsere Nummer und lasse es klingeln. Einmal, fünfmal, aber Olli hebt nicht ab.

»Vielleicht ist er unter der Dusche«, meint Maja, »oder auf dem Weg zur Arbeit. Ruf im Auto an!«

Aber Olli ist nirgendwo zu erreichen.

»Gib her!«

Maja schnappt sich das Handy, fummelt den letzten Anruf aus der Liste, dann drückt sie auf Rückruf und reicht es mir wieder. Es bimmelt.

»Sarah Baumann«, sagt eine Frauenstimme dann.

Ich bin verwirrt. Wieso hat Olli die Nummer von Melanies Agentin in seinem Handy?

»Es tut mir leid, dass ich Sie geweckt habe«, sage ich, »ich hab mich wohl verwählt? Ich wollte eigentlich meinen Mann sprechen.«

»Nina«, sagt die Agentin langsam, »das wusste ich nicht, bitte glauben Sie mir. Das ist aber peinlich!«

»Was ist peinlich?«

Maja guckt mich mit großen Augen an und dann kommt Olli ans Telefon.

Sarah, nach der ersten Kanne Tee

»Ist Freitag heutzutage kein normaler Arbeitstag mehr«, fragt meine Mutter, »oder warum bist du nicht in der Agentur?«
»Ich hatte 'ne lange Nacht.«
»Beruflich«, will meine Mutter wissen.
»Hm.«
»Naja, Kind, das gehört nun mal zu deinem Job. Du musst schließlich Kontakte knüpfen.«
»Hm.«
Wenn sie wüsste, welche Art von Kontakt ich letzte Nacht geknüpft habe, würde sie tot umfallen, und ich sollte es auch tun.
»Ich wollte dir nur sagen, dass ich ein Druckmuster bestellt habe. Sehr dezent auf Büttenpapier. Kein Tralala, nur unsere Namen und die von Tobias' Eltern: Wir geben mit großer Freude bekannt, dass und so weiter. Es kommt am Montag, dann kannst du gucken, ob dir die Form gefällt.«
Meine Mutter legt viel Wert auf Formen. Inhalte sind nicht ihr Ding. Für sie ist jeder Inhalt o. k., solange er eine ansprechende Form hat. Sie ist eine Meisterin darin, Inhalte so lange zu bearbeiten, bis sie in die von ihr als für gut befundene Form passen. Wenn ich nicht um ihr Leben fürchten müsste, würde ich sie zu gerne fragen, in welche Form ich den emotionalen Inhalt der gestrigen Nacht pressen könnte, um zu verhindern, dass er wie eine Bombe hochgeht und sich mein bisheriges Leben in Rauch auflöst?
Ich verstehe nicht, wie ich so bekloppt sein konnte? Ich bin in den drei Jahren mit Tobias nie auf die Idee gekommen, ihn zu betrügen.
Na gut, ich bin ein paar Mal auf die Idee gekommen, als Tobias genervt hat. Oder in Mailand war. Er ist so oft auf Ge-

schäftsreise, dass ich gezwungenermaßen viel alleine unterwegs bin. Oder mit den Mädels, was noch gefährlicher ist, weil sich das Flirtflieber, von dem sie befallen sind, nach ein paar Cocktails wie ein Virus überträgt. Aber Fieber hin oder her, bisher ist noch nie etwas passiert, weil ich auf Tobias stehe. Weil ich ihn liebe und nicht verletzen will.

Es war eine Panikreaktion. Anders ist die letzte Nacht nicht zu erklären. Ich habe Panik zu heiraten, weil dadurch alles anders wird. Sogar mein Männergeschmack. Ich will damit nicht sagen, dass Oliver Borchert kein toller Mann ist, aber ich stehe normalerweise nicht auf Blond. Das einzige Mal, als ich mit einem blonden Mann etwas hatte, war ich siebzehn und zum Schüleraustausch in Kanada. Aber das zählt nicht, da stand ich unter Kulturschock, außerdem gibt es in Kanada nur blonde Männer. Zumindest auf dem Land, und ich war in der hinterletzten Pampa.

Die letzte Nacht war Kanada, nur dass mir diesmal nicht meine Umwelt fremd vorkam, sondern ich selbst. Kein Wunder, dass ich panisch reagiert habe!

»Hörst du mir überhaupt zu?«, fragt meine Mutter.

»Klar!«

»Also fragst du bitte, ob Tobias' Eltern einverstanden sind.«

»Womit einverstanden?«

»Du hast mir doch nicht zugehört«, sagt meine Mutter vorwurfsvoll, »ich möchte die Verlobung bei uns feiern. Ich finde es persönlicher, die Gäste zu sich einzuladen, und ich würde Käfer das Catering machen lassen.«

»Mama, das geht nicht.«

»Was hast du gegen Käfer? Ich mag die Häppchen, die die machen!«

»Nicht das. Ich kann die Verlobung nicht planen. Nicht jetzt.«

»Musst du ja auch nicht. Ich mach das für dich. Du musst nur erscheinen und gut aussehen.«

»Ich kann nicht heiraten.«
»Was gibt es da zu können? Jeder kann heiraten.«
»Weiß ich. Aber Tobias ist nicht jeder.«
»Stimmt etwas mit Tobias nicht?«
Wie sagt man einer Frau, die das Verlobungsmenue mit dem Caterer zusammenstellen will, dass man gerade fremdgegangen ist. Gibt es eine angemessene Form für so eine Eröffnung?
»Wie lange seid ihr eigentlich verheiratet«, frage ich sie.
»Fünfunddreißig Jahre. Das solltest du aber wissen!«
»Hast du Papa in der Zeit irgendwann mal betrogen?«
»Also bitte, Sarah!«
»Ich meine es ernst!«
»Und ich finde es nicht sehr passend, solche Fragen am Telefon zu besprechen.«
Die Form. Wie konnte ich sie vergessen? Man spricht am Telefon nicht über sich. Man redet über Büttenpapier, Verlobungstermine und Caterer, aber auf keinen Fall und niemals über sich. In der Generation meiner Mutter gab es anscheinend keine Paulas. Schade, denke ich, meine Mutter hat eine Menge verpasst. Höchste Zeit, das nachzuholen.
»Ist Papa mal fremdgegangen«, frage ich unerbittlich.
Aber meine Mutter will nicht auf den Geschmack von richtigen Weibertelefonaten kommen.
»Sarah, was ist denn los? Willst du mir sagen, dass Tobias fremdgeht?«
»Nein.«
»Schon gut, Schätzchen, es ehrt dich ja, wenn du ihn schützen willst.«
»Mama, so ist es nicht. Ich schütze ihn nicht. Oder doch. Ich will ihn schützen, deshalb sag mir einfach nur, wie man mit so etwas umgeht?«
»Wenn du bereits verheiratet wärst, würde ich sagen: Geh einkaufen! Oder fahr mit einer guten Freundin in Urlaub. Auf

Kosten des Mannes natürlich, und wenn du wiederkommst, ist der Spuk vorbei.«

Ein guter Rat, den ich mir merken sollte, aber in diesem Fall wäre es wenig hilfreich, Tobi mit einer guten Freundin in Urlaub zu schicken.

»Ich kann mir vorstellen, dass du denkst, man müsste so etwas ausdiskutieren«, plappert meine Mutter weiter, nachdem sie jetzt anscheinend auf den Geschmack von Weibertelefonaten gekommen ist, »aber ich finde, das ist ein Fehler. Es hat keinen Sinn, darüber zu reden, oder glaubst du etwa, es würde dir helfen, wenn du wüsstest, wie attraktiv oder intelligent die andere ist? Es würde dir nur wehtun und er würde dir ohnehin nicht die Wahrheit sagen. Wichtig ist doch, dass er dich liebt. Deshalb hat er dir einen Heiratsantrag gemacht und nicht ihr. Ist es jemand aus Mailand? Fährt Tobias deshalb so oft nach Mailand?«

»Nein, Mama. Es ist anders, als du denkst!«

»Ist ja gut, Schätzchen, in dem Fall würde ich nur davon abraten, nach Mailand zu ziehen, weil die Sache sonst nie ein Ende nimmt!«

»Mama, Tobias geht nicht fremd. Ich hab die Nacht mit einem anderen Mann verbracht.«

Ich warte auf ein Donnerwetter, aber es kommt nicht.

»Sorg dafür, dass er es nie erfährt.«

Das ist das einzige, was meine Mutter dazu sagt. Und, dass ich sie zurückrufen soll, wenn Tobias und ich entschieden haben, wo wir die Verlobung feiern wollen. Sie müsste es baldmöglichst wissen, weil sie Käfer Bescheid sagen muss, der um diese Jahreszeit sehr ausgebucht ist. Glaubt meine Mutter wirklich, dass Essen jetzt die Lösung ist?

Nina, elf Uhr, anscheinend Zeit, spazieren zu gehen

Als ich das Haus aufsperre, springt ein blondierter Hund an mir hoch. Weiße Pailletten rieseln zu Boden wie Schnee.

Ich streichle Hund über das malträtierte Fell. Das arme Tier sieht aus wie Dieter Bohlen, fehlt nur die Dauerbräune im Gesicht.

»Ist ja gut, Dieter, das wächst wieder raus«, sage ich und streichle sie tröstend.

Hund winselt. Sie macht sich weniger Sorgen um ihre Frisur als um ihre Blase. Sie will Gassi gehen. Da die Aktion anscheinend keinen Aufschub duldet, schnappe ich eine Regenjacke, ziehe sie über den Glitzerfummel, schlüpfe in meine Gummistiefel und öffne die Tür.

Hund rast wie ein geölter Blitz nach draußen und pinkelt treffsicher vor Frau Hamanns Haustür. Dann rast sie weiter, in Richtung Isar, ich hinterher. Hundepädagogisch gesehen ist es total falsch, den Hund die Gassigehrichtung vorgeben zu lassen, denn ich sollte auf meiner Position als Alphaweibchen bestehen und sagen, wo es langgeht, um meine Dominanz zu konfirmieren. Das habe ich in einem Tierratgeber bei der Kinderärztin gelesen.

Scheiß drauf! Scheiß auf Pädagogik und Dominanz. Ich bin kein Alphaweibchen. Ich bin eine Ehefrau, deren Mann fremdgeht und die mit einem Hund im Regen herumläuft, der keinen Namen hat. Die wütend ist.

Ich will Olli töten. Ich werde es tun, sobald ich ihn in die Finger kriege.

Weit weg quakt irgendwo eine Ente und Hund rast los. Ich, unalphaweibchenhaft, nehme die Spur auf, schlendernd. Ich habe keine Eile, Hund einzuholen. Ich habe keine Eile, irgendetwas zu tun. Außer vielleicht, mir die Pulsadern aufzuschneiden, aber selbst das hat Zeit.

Am Hinterbrühler See hole ich Hund ein. Sie steht bis zum Bauch im brackigbraunen Wasser und bellt die Enten an.

Von der Uferseite ist menschliches Gekläffe zu hören. Ein verschrumpelter Mann in viel zu weiten Hosen und bayrischem Janker steht in der Tür vom Bootsverleih. Als er mich sieht, kommt er wild gestikulierend auf mich zu. Er hat einen übergroßen Mund, der permanent auf- und zuklappt, aber der Regen prasselt so laut, dass ich nicht verstehen kann, was er sagen will.

»Ich hab schon die Polizei gerufen«, höre ich, als er näher kommt.

»Was ist passiert?«

Ich hoffe, dass etwas passiert ist. Etwas Furchtbares. Etwas, das mich davon ablenkt, dass mein Mann mit einer anderen im Bett war. Mit einer, die ich kenne. Von der ich weiß, dass sie dunkle Locken hat. Während der Gartenzwerg mich anbrüllt, sehe ich vor meinem inneren Auge, wie Sarah ihre Haare zurückwirft, als Olli ihr etwas ins Ohr flüstert. Dann legt er seine Hand sanft auf ihren Arm, so wie er es bei mir sonst tut. Sarah lacht wieder, und Olli sieht das als Einladung, seine Hand an ihrem Rücken hinuntergleiten zu lassen. Sie küssen sich, und ich wünsche mir, dass Ollis Leiche auf dem See treibt. Der Gartenzwerg hat die Polizei gerufen, und ich werde in den Lokalnachrichten erzählen, dass ich meinen Mann umgebracht habe.

Ich gucke mich um, aber Olivers Leiche ist nicht zu sehen. Vielleicht ist er inzwischen wie ein Stein auf den Grund des Sees gesunken und man wird mir nie einen Mord nachweisen können. Nur Hund weiß, dass mit dem See etwas nicht stimmt. Sie schwimmt immer tiefer hinein.

Aber der Zwerg interessiert sich nicht für Männerleichen.

»Das ist ein Naturschutzgebiet«, schreit er, »es ist verboten, Hunde frei rumlaufen zu lassen!«

»Das wusste ich nicht.«

Woher hätte ich es wissen wollen? Man kriegt keine Bedienungsanleitung mitgeliefert, wenn man einen Hund findet, obwohl es die Dinge sehr vereinfachen würde. Genau wie bei Männern. Wenn ich bei unserem ersten Date oder spätestens bei unserer Hochzeit eine Anleitung für den Umgang mit Olli bekommen hätte, wären wir vielleicht nie in diesem Schlamassel gelandet. Vielleicht hätte es aber auch nichts geändert. Ich habe es bis heute nicht geschafft, unseren Videorecorder zu programmieren, weil ich die Bedienungsanleitung nicht verstehe.

»Holen Sie sofort ihren Hund aus dem Wasser!«

»Wie denn? Soll ich in den See springen und hinschwimmen?«

»Sind Sie blöd? Rufen Sie ihn halt!«

»Es ist eine Sie und sie gehorcht mir nicht.«

»Ist es Ihr Hund oder nicht?«

»Es ist meiner, aber ich kann ihn nicht rufen, weil er keinen Namen hat!«

»Wollen Sie mich verarschen?«

Der Nussknacker bebt am ganzen Körper.

»Wenn der eine Ente reißt, zeig ich Sie an!«

»Hund!«

Hund ignoriert meinen Versuch, sie vor einer Anzeige zu retten, und schwimmt weiter den Enten hinterher.

»Dieter«, schreie ich, etwas lauter.

Hund dreht den Kopf zu mir, und ich denke schon, sie dreht um und schwimmt zurück, aber dann schnappt sie nach einer Ente.

»Jetzt reicht's«, tobt der Gartenzwerg, »da sehen Sie, was Sie angerichtet haben!«

Ich sehe es. Dieter kommt jetzt brav aus dem Wasser, schüttelt sich, und dann legt sie das blutige Federbündel vorsichtig vor meine Füße.

»Dummer Hund«, sage ich und streichele sie, »du bist jetzt vorbestraft!«

Dieter richtet ihre schwarzen Knöpfe auf mich und guckt mich treuherzig an, dann setzt sie sich und wedelt leicht mit dem Schwanz.

Du warst die ganze Nacht nicht zu Hause, sagen die Knöpfe, und sahst ziemlich gestresst aus, als du reinkamst. Ich dachte, ein kleines Geschenk könnte dich aufmuntern. Ok, eine tote Ente ist vielleicht nicht dein sehnlichster Wunsch, aber Hunde haben keine Kreditkarten, sonst hätte ich dir die tollen Schuhe von Gucci geholt, die du neulich anprobiert hast. In denen du deine Beine so sexy fandest! Ich will etwas antworten, doch bevor ich meinen Mund aufmachen kann, versetzt der Gartenzwerg Dieter einen Tritt. Dieter jault auf.

»Sind Sie verrückt?«

»Vielleicht lernt er jetzt was«, schreit der Zwerg und tritt noch mal nach Dieter.

»Was soll sie daraus lernen«, schreie ich zurück, »dass Sie ein Idiot sind?«

»Dass er hier nur an der Leine gehen darf!«

»Legen Sie doch ihre blöden Enten an die Leine!«

Der Zwerg ist jetzt total in Rage. Er versucht, Dieter am Halsband zu nehmen, vermutlich um sie abzuführen und unter Arrest zu stellen, bis die Hüter des Gesetzes kommen, um sie in den Hundeknast zu bringen. Aber Dieter hat keine Lust auf Knast und widersetzt sich der Verhaftung durch wildes Bellen und Zähnefletschen. Daraufhin holt der Zwerg wieder mit dem Fuß aus, um Dieter zu treten. Als ich mich dazwischenwerfe, packt er mich am Arm.

Dieter knurrt. Ihre Nackenhaare haben sich aufgestellt. Ich habe keine Ahnung von Hunden, aber ich weiß, dass Dieter jetzt verdammt wütend sein muss, denn ich habe sie noch nie so gesehen und will nicht wissen, was sie tut, wenn der Zwerg sich jetzt nicht beruhigt. Ich rede auf ihn ein und versuche, mich zu befreien, aber der Zwerg ist für seine Größe erstaunlich stark und ich komme nicht von ihm los. Plötzlich schreit er auf und lässt von mir ab. Dieter hat sich in sein Hosenbein verbissen und knurrt so bedrohlich, dass ich Angst um den Zwerg bekomme. In dem Moment sehe ich aus dem Augenwinkel, dass ein Polizeiauto die Hinterbrühlerstrasse entlangkommt und beim Bootshaus hält.

»Dieter, jetzt übernehme ich!«

Ich hatte heute schon mehr Ärger, als man an einem Tag haben sollte, und kein Interesse an mehr. Außerdem muss ich ja irgendwann klar machen, wer hier das Alphaweibchen ist! So routiniert, als hätte ich jahrelange Hundeerfahrung, packe ich die knurrende Dieter am Halsband und lege sie an die Leine. Dann setzen wir uns in Bewegung, ohne den Zwerg zu beachten, der uns hinterherbrüllt, wir sollten stehen bleiben. Die Beamten sind aus dem Wagen gestiegen und gehen über die Brücke auf das Bootshaus zu.

Inzwischen bin ich nass bis auf die Knochen und friere. Dieter müsste es eigentlich ähnlich gehen, aber es scheint sie nicht zu stören. Vielleicht war sie ja schon öfter auf der Flucht vor dem Gesetz? Sie geht munter neben mir her, und wir haben nur noch ein paar Schritte bis zu den Häusern, zwischen denen wir uns verstecken können, als Dieter plötzlich stehen bleibt.

»Was ist denn? Wir müssen weiter, oder willst du verhaftet werden?«

Aber Dieter lässt sich nicht bewegen. Sie steht wie festzementiert, nur ihr Schwanz wedelt freudig.

Dann ist ein Geraschel zu hören und ein Hund steckt seinen Kopf aus dem Gebüsch. Es ist Dinkie. Die Hunde begrüßen sich und kurz darauf steht Thomas vor mir. Er deutet auf die Polizisten, die uns eingeholt haben.

»Brauchen Sie zufällig einen Anwalt?«

Sarah, vormittags. Höchste Zeit, mein Leben wieder in den Griff zu kriegen

»Hast du deinen Führerschein im Lotto gewonnen, blöde Nuss?«

In dem Moment weiß ich, dass der Mann, mit dem ich den Rest meines Lebens verbringen will, sein muss wie er.

O. k., Tobias muss nicht zwingend lila Trainingshosen tragen und auch nicht unbedingt so fett werden, aber er muss seinen Arm genauso beschützend um mich legen wie dieser Mann ihn um seine Frau gelegt hat und mich genauso leidenschaftlich verteidigen. Der Mann als Beschützer der Herde.

»Jetzt schaust du blöd, du taube Nuss«, schimpft der milkafarbene Beschützer.

Der Busfahrer hat ihn, nachdem der Unfall passiert war, angerufen, und er war innerhalb von Sekunden hier gewesen und hat seitdem abwechselnd seine Frau getröstet, die er Schpatzl nennt, und mir angedroht, mich auf meinen letzten Cent zu verklagen. Mich nennt er Nuss.

Doch der Busfahrer ist auf meiner Seite. Ich sei nicht zu schnell gefahren, sondern eher zu langsam, hält er dem Milkamann entgegen, als Schpatzl wie ein geölter Blitz zwischen den parkenden Autos durchgeschossen kam.

»Ja, mein Gott«, winkt Milkamann ab, »sie wollte halt den Bus noch kriegen!«

»Dann muss sie eben rechtzeitig von Zuhause losgehen!«

Ich sollte auf der Seite des Busfahrers sein, der auf meiner ist, und das versuche ich auch. Schpatzl ist auf ihrem Weg von der Trambahn zum Bus tatsächlich so unvermittelt auf meine Kühlerhaube gehüpft, dass ich keine Chance hatte zu bremsen. Ich habe eine Busladung voll Zeugen, die das bestätigen würde, die aber nicht wissen, dass ich zu müde war, um schnell genug zu bremsen. Dass ich in heller Panik bin, weil Tobias heute Abend zurückkommt, und ich keine Ahnung habe, was ich ihm sagen soll?

»Sie halten den gesamten Busverkehr auf«, sagt der Fahrer zu Schpatzl, »wenn Sie nicht zugeben, dass sie am Unfall Schuld hatten, muss ich die Polizei rufen.«

Der Milkamann legt schützend seinen Arm um Schpatzl. Er steht zu ihr, obwohl sie es war, die einen Fehler gemacht hat. Er ist zu gut, um wahr zu sein. Er setzt Standards, die es mir unmöglich machen, sicher zu sein, dass ich den besten Ehemann der Welt abbekomme. Vorausgesetzt, ich würde versuchen, Tobias jetzt anzurufen, was ich nicht tun werde, weil ich nicht weiß, was ich ihm sagen soll, und ich würde ihn zufällig sogar in einem Moment erwischen, wo er nicht gerade von Mailändern umstellt ist und reden kann, würde er höchstens im Fall meines kurz bevorstehenden Ablebens an die Unfallstelle gekommen. Am Unfallort eingetroffen, würde er sich keineswegs unverzüglich auf meine Feinde stürzen, um sie in ihre Einzelteile zu zerlegen, sondern minutiös den Tathergang zurückverfolgen, um mir dann zu erklären, dass ich Schuld habe.

Tobias ist ein Fan vom Ursache-Wirkung-Prinzip. Der Milkamann nicht. Er ist einfach nur ein Fan von seiner Frau.

Unbeeindruckt von der Erkenntnis, dass sie zu bekloppt ist, eine Strasse zu überqueren ohne dabei eine fremde Kühlerhaube zu demolieren, bleibt seine Hand schützend um ihre Schulter gelegt, und er wettert munter weiter, aber zum Glück bin nicht mehr ich der Feind, sondern die Verkehrsbetriebe.

»Ist ja auch eine Sauerei mit dem MVV«, schimpft er auf den Busfahrer ein, »der Bus sollte auf die Trambahn warten. Aber bei dem bescheuerten Fahrplan, den Sie haben, muss man rennen, wenn man den Bus erwischen will!«

Ich bin beeindruckt. Der Milkamann steht zu Schpatzl, egal,

welchen Mist sie baut. Die beiden sind ein Team. Auch wenn Schpatzl eine Kühlerhaube schrottet. Oder fremdgeht.
»Lassen Sie«, sage ich zu dem Busfahrer, der gerade sein Handy zückt, um die Polizei zu rufen, »es ist ja nur ein kleiner Kratzer.«
Schpatzl atmet erleichtert auf, aber ihr Göttergatte ist noch nicht zufrieden.
»Für Sie vielleicht! Meine Frau hätte sterben können. Sperren Sie nächstes Mal die Augen auf, wenn Sie Auto fahren!«
Damit legt er Schpatzl den Arm um die Schultern und geleitet sie zur ehelichen Kutsche, einem dunkelkackbraunen Rostaudi. Die beneidenswerteste Ehefrau der Welt zwängt ihren Hintern auf den Beifahrersitz, ihr Beschützer donnert die Tür zu, so dass der Rost fliegt, und dann dampfen sie in Richtung trautes Heim ab.
»Wenn Sie diesen Proleten doch noch anzeigen wollen, bin ich gerne bereit auszusagen«, sagt der Busfahrer zu mir, »wo kämen wir denn da hin, wenn so ein Scheißpack jeden beleidigen könnte!«
»Ach, ficken Sie sich doch ins Knie«, sage ich frustriert.
Was weiß der Busfahrer schon von wahrer Liebe?
Ein paar Minuten später sitze ich im Auto, als das Telefon klingelt.
»Sarah«, sagt Tobias, »wieso hast du dein Handy ausgeschaltet?«
»Es ist doch an!«
»Also, ich habe drüber nachgedacht«, sagt Tobias, »wenn du einen Ehevertrag willst, kannst du ihn haben.«
»Tobi? Ich habe keine Ahnung, wovon du redest!«
»Rechte und Pflichten, dein Vortrag von gestern Nachmittag? Wer seinen Job aufgibt, wenn Kinder da sind, und wer wessen Auto aus der Werkstatt holt. Sag mal, das war nur ein fiktiver Fall oder ist wirklich was mit meinem Auto?«
»Nein.«

»Ich dachte immer, du findest Eheverträge unromantisch. Kontraproduktiv, hast du mal gesagt, weil man damit die Scheidung sozusagen vorprogrammiert. Aber wenn du es dir anders überlegt hast, soll es mir recht sein. Ich muss dich nur fairerweise darauf hinweisen, dass im Fall einer Trennung du die Gelackmeierte bist. Mein Kontostand ist im grünen Bereich, während du dir noch nicht mal 'ne neue Couch leisten kannst!«

»Ich kann nichts dafür, dass sich Künstler schwerer verkaufen als Luxuskarossen!«

»Künstler? Ach, nennt man durchgeknallte Barluder neuerdings so?«

»Tobi?«

»Ja?«

»Würdest du zu mir stehen, auch wenn ich Mist gebaut habe?«

Tobi lacht: »Was ist den jetzt schon wieder passiert?«

»Ich hatte 'nen Unfall.«

»Oh mein Gott, Sarah, wann? Jetzt gerade? Ist alles o. k.?«

»Ja.«

Aber das ist eine Lüge. Nichts ist o. k. Seit wir uns verlobt haben, läuft alles aus dem Ruder, und das macht mich so traurig, dass ich wieder losheule.

»So schlimm?«

»Die Motorhaube hat 'ne Delle.«

»Und deswegen heulst du?«

»Nein!«

»Was ist denn los?«

»Ich weiß es nicht. Es ist einfach alles zu viel für mich. Der Ehevertrag, Las Vegas, alles.«

»O. k., Sarah, beruhige dich. Wir kriegen das schon hin.«

»Alles? Wir kriegen alles hin?«

»Na klar! Wir überlegen uns das in Ruhe. Vielleicht nicht heute Abend, weil wir doch diese Einladung haben, aber wir werden für alles 'ne Lösung finden.«

»Bist du sicher?«

»Wir werden heiraten. Wir sind ein Team, schon vergessen?«

Als wir aufgelegt haben, gucke ich den Brilli lange an. Steine lügen nicht. Oder waren das Blumen. Oder doch Tränen? Tobias hat recht. Man kann alles lösen, man muss nur drüber reden. Ich bin froh, dass ich ihn habe und nicht mit dem Milkamann verlobt bin. Der Milkamann ist zwar nicht in Mailand und kann jederzeit an Unfallorte eilen, aber wenn Schpatzl ihn betrogen hätte, würde er sie mit dem Wagenheber erschlagen.

Nina, mittags

Thomas' Haus ist kein Haus, sondern eine Jugendstilvilla mit Stuckdecken und Parkettböden und einem Flur, von dem unzählige weiß gestrichene Türen abgehen und eine Wendeltreppe nach oben führt, wo ich weitere unzählige Zimmer vermute.

Ich sitze in einer überdimensionalen Badewanne in einer Wolke aus weißem Schaum, als die Türe aufgeht und Thomas reinkommt. Zum zweiten Mal wird mir heute Tee serviert, aber dieser hier riecht nicht nach Spülwasser und Thomas guckt auch nicht so streng wie Freyja. Er lächelt.

»Wie geht es Ihnen?«

»Besser. Danke, dass Sie mich gerettet haben.«

»Jederzeit! Kann ich sonst noch was für Sie tun?«

Du könntest meine Scheidung regeln, denke ich, sage es aber nicht, weil mir allein der Gedanke daran die Tränen in die Augen treibt und ich keine Lust habe, vor Thomas zu weinen. Obwohl es bestimmt eine gute Übung wäre. Ich werde in der nächsten Zeit viel weinen, und Olli wird nicht derjenige sein, der mich tröstet, insofern sollte ich anfangen, mich von fremden Kerlen trösten zu lassen.

»Was machen die Hunde«, frage ich, um mich abzulenken.

»Aalen sich vor dem Kamin. Nachdem sie sich die Bäuche voll geschlagen haben. Apropos. Haben Sie Zeit, zum Essen zu bleiben? Ich könnte uns was kochen.«

Ich habe keine Zeit zum Essen. Ich muss nach Hause und meinem Mann eine Szene machen, ihn anschreien, wie er mir so etwas antun konnte? Uns so etwas antun konnte?

»Was halten Sie von Steak und Salat?«

Olli wird zurückschreien, dass ich dasselbe getan habe, dass ich ihn mit Micha betrüge.

»Mein Mann denkt, dass ich ihn betrüge.«
Seit Monaten. Seit Jahren schon, weiß der Henker, was er sich ausmalt? Er sieht mich mit Micha in unserem Bett, während er im Büro ist und die Kinder in der Schule.
Thomas lacht.
»Weil Sie in meinem Whirlpool sitzen? Das gilt nicht als Betrug. Also, Steak und Salat? Oder sind Sie Vegetarierin?«
Ich schüttle den Kopf.
»Steak hört sich gut an.«
Damit geht er raus, und ich denke, dass es ziemlich eigenartig ist, in jemandes Wanne zu sitzen, den man siezt. Ungefähr genauso eigenartig, wie jemanden zu küssen, den man eine Minute zuvor noch gesiezt hat. Oder Sex mit der Person zu haben.
Ich stelle mir vor, wie es wäre, Sex mit Thomas zu haben, aber das Bild ist verschwommen. Ich kann mir nicht vorstellen, einen anderen Mann als Olli zu küssen. Auch da werde ich umlernen müssen, aber nicht jetzt.
Jetzt muss ich aus Thomas' Whirlpool steigen und nach Hause gehen. Dann mache ich Olli eine Szene und sage, dass es aus ist. Dass ich ihm nie wieder vertrauen kann und er unsere Beziehung zerstört hat. Daraufhin zieht er aus, oder ich ziehe aus, und Plan B tritt in Kraft. Ich weiß genau, wie er abläuft, weil ich ihn mir in letzter Zeit oft genug ausgemalt habe: Ich sitze mit meinem neuen Liebhaber beim Frühstück. Es klingelt, und der neue Liebhaber sagt, ich solle doch bitte an die Tür gehen, weil er keine Lust hat, Olli zu begegnen. Dazu sei alles noch zu frisch, sagt er. Als ob es für mich nicht frisch wäre, denke ich, aber schließlich ist es ja mein Exmann, der hier klingelt, also mache ich auf. Olli steht in der Tür. Er lächelt. Seit wir uns getrennt haben, hat er sich ein neues Lächeln angewöhnt. Aber es wirkt genauso wie sein altes Lächeln und ich kriege weiche Knie. Dann geht er mit den Kindern weg. Die Kids kommen morgen wieder, aber Olli nie mehr.

Bei dem Gedanken, ihn zu verlieren, fließen die Tränen in Strömen. Plan B funktioniert nicht, vielleicht bin ich noch nicht reif dafür? Aber ich muss es sein, mein Mann ist fremdgegangen.

Es tut so weh! Ein Messer bohrt sich quer durch meinen Körper. Die Wunde brennt wie Feuer. Mein Körper geht in Flammen auf. Wie konnte Olli mir nur so wehtun?

Ich hasse ihn! Ich will ihn verletzen. Ich will mich scheiden lassen, nur um ihm wehzutun. Ihn Unterhalt zahlen lassen, bis er schwarz wird, ihm die Kinder jedes Wochenende aufhalsen, damit er nie eine Chance hat, auch nur den Hauch von Privatleben zu entwickeln. Ihm sagen, dass er eine Niete im Bett ist. Er kann nicht wissen, dass es gelogen ist, und bei Micha hat es gewirkt. Der Typ wird eine Weile brauchen, bis sein kleiner Mann sich von diesem Schlag erholt hat, und in der Zeit darüber nachdenken können, was er uns angetan hat. Doch um den finalen Vernichtungsschlag gegen meine Ehe landen zu können, muss ich endlich aus dem Whirlpool steigen!

Als ich in ein Badehandtuch gewickelt in die Küche komme, wäscht Thomas gerade Salat.

»Ich hab noch eine Jeans von meiner Ex hier«, sagt er, »wenn Sie wollen?«

Ich nicke und schaue mich um. Dunkles Holz, gedämpftes Licht, glänzende Chromarmaturen. Im Hintergrund spielt leise Musik.

»Sie müssen mir was erklären, Thomas: Sie sind nett, hilfsbereit, haben ein tolles Haus, können kochen, also zumindest Salat waschen, so viel ich sehe. Wieso wollte Ihre Ex keine Kinder mit Ihnen?«

Thomas lacht.

»Ich hatte das Haus damals noch nicht.«

»Im Ernst. Wo ist der Haken? Stehen Sie auf Männer, auf schmerzhafte Bondagepraktiken? Nehmen Sie Drogen?«

»Ich bin fremdgegangen. Nichts von Bedeutung, es war aus so 'ner Weinlaune heraus mit einer Kollegin. Wir hatten 'nen Termin in Berlin, und ich hätte nie gedacht, dass sie davon erfahren würde. Naja, das war's dann. So was überlebt eine Beziehung nicht.«

Das Messer bohrt sich weiter in meinen Bauch. Ich will Thomas gerade sagen, dass ich doch keinen Appetit habe, als mein Handy bimmelt. Thomas reicht es mir wortlos, dann nimmt er zwei Teller und trägt sie ins Zimmer nebenan.

»Wo steckst du«, fragt Olli.

»Was willst du?«

»Mit dir reden.«

»Das trifft sich gut. Ich muss auch mit dir reden.«

»Dann komm nach Hause.«

»Warst du im Krankenhaus?«

»Ja. Maja geht's gut. Bitte komm nach Hause, ich möchte mit dir reden!«

»Jetzt nicht.«

»Kommst du nachher zu Lucas' Spiel?«

»Klar«, sage ich wie selbstverständlich, obwohl ich völlig vergessen hatte, dass das Spiel heute stattfindet. Aber ich will mich vor Olli nicht als schlechte Mutter outen, die wegen einer Lappalie wie einem fremdgehenden Ehemann die eigentlich lebenswichtigen Dinge wie Fußballspiele ihres Sohnes vernachlässigt. Das würde sich in den Streitereien um das Sorgerecht nicht gut machen. Er ist fremdgegangen, während ich neben meiner frisch operierten Tochter im Krankenhaus gewacht habe. Ich bin die Gute, er ist der Böse.

»Also dann, Olli, bis später!«

»Warum können wir uns nicht jetzt sehen? Wo bist du überhaupt?«

»Bei meinem Anwalt!«

»Was? Nina, bitte mach keinen Mist!«

»Ach, bin ich diejenige, die Mist macht?«

Ich lege auf und spüre, wie die Wut in mir hochsteigt. Ich kann mich nicht erinnern, jemals so wütend gewesen zu sein. Ich will das Messer aus meinem Bauch reißen und Olli in den Rücken rammen. Aber Mord macht sich in Sorgerechtsprozessen noch schlechter als Fußballvernachlässigung.

Als ich ins Esszimmer komme, lässt Thomas gerade die Hunde in den Garten, die bellend auf den Zaun zurennen. Thomas lacht und schließt die Tür zur Terrasse. Vor dem Kamin steht ein gedeckter Tisch, mit zwei Gläsern Wein. Er reicht mir eines.

»Worauf trinken wir?«

Der rote Saft strömt heiß durch meinen Körper.

»Aufs Fremdgehen«, sage ich.

Dann stelle ich das Glas ab und ziehe Thomas' Kopf zu mir heran. Thomas küsst mich und auf einmal steckt sein Schwanz tief in mir und findet auf Anhieb die richtigen Stellen. Ich stöhne auf. Es fühlt sich gut an, Olli ein Messer in den Rücken zu jagen.

Sarah, zwölf Uhr sechzehn, endlich im Büro

»Sarah!« Die Sekretärin guckt mich an wie einen Geist. »Stimmt was nicht?«

»Was soll nicht stimmen?«

Außer, dass ich verkatert bin. Und fremdgegangen. Und meine Motorhaube im Eimer ist, und wenn ich Pech habe, mein Leben auch.

»Nichts. Ich dachte nur, weil du sonst nie so früh hier reinschneist.«

»So weit ich mich erinnere, ist das mein Büro, und ich kann kommen und gehen, wie ich will.«

Einmal gut gezickt, erspart weitere Vorwürfe bezüglich der Arbeitsmoral. Auf dem Weg in mein Zimmer sehe ich ihr Gesicht, das sich im Fenster spiegelt. Es schneidet mir eine Grimasse.

Kaum bin ich im Zimmer, kommt sie mit einer Tasse Cappuccino rein.

»Ich hab da ein paar Sachen, die du unterschreiben musst.«

Sie stellt den Cappuccino vor mich hin, dann schiebt sie mir eine Mappe mit der Aufschrift Urgent unter die Nase, platziert ihren Hintern auf die Kante meines Schreibtisches und guckt mich auffordernd an.

»Jetzt«, frage ich. Mein Kopf brummt. Müssen die vielen verkaterten Gedanken sein, die wie ein aufgescheuchter Schwarm Fliegen herumsummen.

»Warum nicht? Wenn du schon mal hier bist.«

»Ich bin eben nicht oft hier, weil ich viele Termine habe«, zicke ich, »ich muss Kontakte machen, sonst hättest du auch keinen Job!«

»Kontakte machen nennt man das«, stichelt sie, »verstehe!«

»Da bin ich ja froh!«

Tiefschlag abgewehrt. Ihr Hintern verzieht sich von meinem Schreibtisch und bewegt sich in Richtung Tür.

»Und außerdem trinke ich keinen Cappuccino, sondern Tee!«

Ich hoffe, dass sie jetzt rausgeht.

»Okidoki«, sagt sie stattdessen.

»Und kannst du bitte aufhören, dauernd Okidoki zu sagen?«

»Okidoki.«

Sie bleibt in der Türe stehen und beobachtet mich. Ich ertrage das nicht. Ich muss sie feuern. Sobald ich in den Hafen der Ehe eingelaufen bin. Doch da das Einlaufmanöver im Moment unter erschwerten Bedingungen leidet, habe ich vorerst andere Prioritäten und muss an der Sekretärinfront Waffenstillstand schließen. Wenn ich diesen Krempel unterschrieben habe, muss ich meine Beziehung retten.

Urgent!

Ich schlage die Mappe auf und unterschreibe mechanisch. Ich würde es nicht mitkriegen, wenn die Sekretärin mir mein eigenes Todesurteil untergejubelt hätte, was sie mit Sicherheit eines Tages tun wird, so, wie ich mit ihr umgehe. Ich bin fast fertig, als mir ein Name ins Auge sticht.

»Der Vertrag für Frau Borchert!«

»Wirf ihn weg.«

»Vertreten wir Frau Borchert jetzt doch nicht?«

»Ich glaube nicht, dass sie von uns vertreten werden will.«

Nicht nach heute Morgen jedenfalls, wo sie ihren Mann in meiner Wohnung angerufen hat. Borchert hat daraufhin irgendwas von Krankenhaus gemurmelt und war zwei Sekunden später weg. Und ich hatte ein superschlechtes Gewissen. Nina gegenüber, die ich gestern erst kennen gelernt hatte. Da hatte sie noch putzmunter gewirkt. Nicht so, als hätte sie ins Krankenhaus gemusst. Und Tobi gegenüber. Den ich seit drei Jahren kenne.

Kaum ist die Sekretärin mit der Urgent-Mappe verschwunden, wähle ich Paulas Nummer. Besetzt. Ich versuche, Lynn zu erreichen. Sie ist beim Arzt, flüstert sie in ihr Telefon, ob das nicht bis heute Abend Zeit habe, wo wir uns ohnehin sehen? Isabel ist zu Hause. Zum Glück!

»Mach dir nicht ins Hemd«, sagt sie, nachdem sie sich von einem mittelschweren Lachkrampf erholt hat, »das ist Tobi bestimmt auch schon mal passiert.«

»Ist es nicht!«

»Wie auch immer? Es ist jedenfalls kein Grund, die Beziehung aufs Spiel zu setzen.«

»Du meinst, ich soll es ihm nicht sagen?«

»Auf keinen Fall.«

»Das heißt, ich soll meine Ehe auf einer Lüge aufbauen?«

»Bevor du gar nicht heiratest? Ja!«

»Jetzt übertreibst du. Tobi würde mir verzeihen.«

»Meinst du wirklich?«

»Naja, nicht sofort. Zuerst wird er toben und zetern, aber dann. Er liebt mich, und so was kann passieren. Du sagst doch selbst, es ist kein Grund, eine Beziehung aufzugeben.«

»Ist es auch nicht, jedenfalls nicht, wenn es eine gute Beziehung ist, und davon geh ich mal aus, wenn ihr heiraten wolltet?«

»Unsre Beziehung ist gut. Sehr gut sogar.«

»Dann verstehe ich nicht, wieso du fremdgegangen bist? Wie konntest du das tun? Alles zu riskieren, was du hast? Bist du verrückt, oder was stimmt nicht mit dir?«

»Isabel! Ich dachte, du bist auf meiner Seite?«

»Bin ich auch. Weißt du eigentlich, wie viel Frauen, sich einen Kerl wie Tobi wünschen? Der Typ ist ein Lottogewinn! Und was machst du? Wirfst den Lottoschein weg. Einfach so! Vögelst mit 'nem verheirateten Kerl! Du hättest es verdient, dass eine Frau das mit dir macht, wenn du mal verheiratet bist!«

»Du findest, ich sollte mir 'ner Frau schlafen, wenn ich verheiratet bin?«

»Versuch jetzt nicht, mit irgendwelchen Witzen abzulenken. Du hast einen Riesenfehler gemacht.«

»Isabel!«

»Was?«

»Du hast recht.«

»Ich weiß.«

»Aber das hilft mir nicht weiter.«

»Ist ja gut. Tschuldige. Wo war ich?«

»Dass Tobi ein toller Typ ist.«

»Richtig. Und genau deshalb verstehe ich auch diese Fremdgeherei nicht. Was ist der Hype? Was ist so toll daran, mit jemandem ins Bett zu gehen, mit dem einen nichts verbindet, außer vielleicht ein paar Gläsern Wein?«

»Prosecco.«

»Dann eben Prosecco«, seufzt Isabel ungeduldig, »das macht echt keinen Unterschied! Ich kenn diese Art One-Night-Stands, ich schlage mich dauernd mit Typen wie Manuel herum, und glaub mir, es ist Scheiße. Ich platze vor Neid, weil du den Menschen gefunden hast, den du liebst. Und das unverschämte Glück hast, dass er dich auch liebt. Wozu brauchst du da einen One-Night-Stand?«

»Ich weiß es nicht.«

»Ausgerechnet jetzt, wo ihr heiraten wollt? Genau das würde Tobi dich auch fragen! Das Fremdgehen könnte er vielleicht verzeihen, aber das Timing auf keinen Fall. Es ist total beschissen!«

»Du bist mir ja 'ne große Hilfe!«

»Ich versuche es, indem ich dir klar mache, dass du es ihm auf keinen Fall sagen darfst! Er darf es nie erfahren!«

Isabel hat recht, mein Timing ist beschissen. Tobi und ich wollen heiraten. Ich müsste mich mit den Vorbereitungen beschäftigen. Fremdgehen gehört nicht dazu.

Büttenpapier bestellen, Badezimmerschränke, eine ganz und gar neue Wohnung suchen, vielleicht irgendwo draußen, damit unsere Kinder Platz zum Spielen haben? Darum sollte ich mich kümmern, damit ich ein Leben habe wie Nina: Keinen Job mehr, aber dafür einen Mann, der mich betrügt. Einen wie den Dicken, der sagt, dass Sex und Liebe auf Dauer nicht zusammenpassen. Dass ich mich entscheiden muss.

Plötzlich kann ich mich nicht mehr daran erinnern, weshalb ich immer so scharf darauf gewesen war, zu heiraten? Ist ja auch schon verdammt lange her, dass der Punkt auf meine Liste kam. Damals habe ich noch mit meiner Barbie gespielt und die Hochzeitsvorbereitungen waren vergleichsweise einfach. Sie bestanden darin, Barbie in ein weißes Kleid zu zwängen, was nicht ohne Tücken war, weil meine Barbie einen ziemlich sperrigen Körper hatte, der sich seinem eigentlichen Zweck, nämlich dem dauernden Klamottenwechsel, störrisch widersetzte. Aber als die Braut neben Ken über eine eigens für diesen Zweck entfremdete, mit Blumen bedruckten Serviette in Richtung einer Schuhschachtel stolzierte, die die Kirche darstellte, und im Hintergrund dazu Nena von Liebe und Raumschiffen trällerte, war alles gut. Die Liebe war so unvergänglich wie Barbies Körper gleichbleibend schön, und Sex gab es nicht, was jeder verstehen kann, der Barbie nackt gesehen hat. Ein Glück für Barbie, sie musste sich nicht entscheiden!

»Sarah?«

Die Sekretärin stellt eine Tasse Tee und einen Blumenstrauß vor mich hin.

»Von Melanie. Als Dankeschön!«

Wofür? Dass ich mit dem Mann ihrer Freundin im Bett war?

»Will die mich verarschen?«

Melanie wird sauer sein und Tobias alles erzählen. Dann wird er mich verlassen. Es sei denn, ich erzähle es ihm zuerst. Dann wird er mich wegen des Timings verlassen.

»Für die Lesung«, erinnert mich die Sekretärin.

»Ach so. Klar. Ich schätze, das war unsere letzte Aktion«, seufze ich, »und wir können Melanie jetzt auch aus unserer Kundenkartei streichen.«

»Deswegen«, fragt die Sekretärin und legt ein Foto vor mich hin, das Borchert und mich beim Knutschen zeigt.

»Woher hast du das?«

»Von Britt.«

»Du kennst Britt? Warum tut sie mir das an?«

Die Sekretärin lacht.

»Mach dir keine Sorgen, das Bild ist vom Tisch. Ich hab ihr gesagt, dass das ein Ablenkungsmanöver von dir war, weil Borchert in Wirklichkeit eine Affäre mit Frau Rosentreter hat. Deshalb würde Frau Rosentreter auch eine Rolle in seinem Film oder was immer das ist, was der macht, bekommen.«

»Das hat sie geschluckt?«

»Ich habe ihr erzählt, dass du heiraten wirst, und sie weiß, dass die Rosentreter 'ne stadtbekannte Goldgräberin mit 'ner Vorliebe für verheiratete Kerle ist.«

»Wie bist du bloß an das Foto rangekommen?«

»Britt ist meine Frau.«

»Wie bitte?«

»Du hast schon richtig gehört. Wir sind ein Paar.«

»Ich wusste gar nicht, dass du ...«

»Dass ich auf Frauen stehe? Du weißt sowieso nichts von mir, was daran liegt, dass du dich null für mich interessierst. Also glaub nicht, dass ich deinen Arsch rette, weil ich dich so gern habe! Ich tue es, weil ich meinen Job behalten will, und es wäre unserem Image nicht sehr zuträglich, wenn das Foto erscheinen würde.«

»Tobias wäre es auch nicht zuträglich«, sage ich niedergeschlagen.

Die Sekretärin lacht.

Es ist ja nicht so, dass Tobias regelmäßig die Bunte liest,

aber vielleicht tut Nina es? Wahrscheinlich sitzt sie gerade jetzt in ihrem gemütlichen Haus und schmiedet mit Melanie Pläne, wie sie mich vernichten können. So ein Bild wäre die perfekte Munition gewesen.

»Danke!«

Die Sekretärin lacht wieder.

»Keine Ursache. Du sagst doch immer, dass es die wichtigste Eigenschaft einer guten Sekretärin ist, für ihre Chefin lügen zu können? Ich hoffe, du kapierst jetzt endlich mal, dass ich die Beste in meinem Job bin.«

»Okidoki!«

Damit geht sie raus und ich streiche das Sekretärin-feuern von meiner To-Do-Liste. Listen sind so stressig, weil man denkt, dass man alle Punkte, die einmal darauf gelandet sind, abhaken muss. Aber das ist nicht wahr. Man kann sie auch überdenken, und wenn man seine Meinung geändert hat, einfach streichen.

Nina, pünktlich zum Anpfiff

Als ich auf den Fußballplatz komme, hat es aufgehört zu regnen. Ein paar blasse Sonnenstrahlen brechen zwischen den Wolken durch. Es riecht nach nassem Gras, ein leichter Wind wirbelt gelbe Blätter durch die Luft. Dieter versucht, sie zu fangen, und zerrt an der Leine, ich halte in dem Versuch, Alphaweibchen zu sein, dagegen, und ziehe sie in Richtung Spielfeldrand.

Das Spiel fängt gerade an und die Jungs rennen los wie die Teufel. Um das Spielfeld herum stehen verspreng ein paar Eltern und gucken zu. Sie haben Wurstbrote und Wasser dabei, die Brote für sich, Wasser für die Spieler, die zwischen zwei Pässen angelaufen kommen und ihre trockenen Kämpferkehlen mit einem eiligen Schluck benetzen, um dann gestärkt weiterzukicken. Alles ist wie immer, vor der Zeit, als Olli und ich angefangen haben, uns mit Messern zu bekämpfen.

Ich habe keine Eile, ihn zu sehen, deshalb beschäftige ich mich erst mal umständlich damit, Dieters Leine an der hölzernen Balustrade zu befestigen, die das Spielfeld provisorisch begrenzt, dann versuche ich, mich auf das Spiel zu konzentrieren. Lucas ist Mittelfeldspieler, aber wann immer sich die Gelegenheit bietet, den Stürmer raushängen zu lassen, tut er es. So auch jetzt. Er ist knapp vor dem gegnerischen Tor und kämpft um den Ball, dann kickt er ihn ins Tor. Ich will schon losjubeln, aber der Schiedsrichter pfeift ab. Abseits. Lucas' Trainer flucht und dann wird der Ball wieder eingeworfen und die Jungs rasen weiter.

Und dann sehe ich Oliver. Er winkt mir vom gegenüberliegenden Spielfeldrand zu, dann nimmt er seine Jacke und die Wasserflasche, die er auf dem Boden deponiert hat, und kommt auf mich zu, den Blick auf mich gerichtet. Sein Blick ist fremd. Unsicher. So kenn ich Olli nicht. Verwundet. Als würde er das Messer spüren, das ich ihm in den Rücken gestoßen habe. Und dann steht er vor mir und guckt mich an, als würde er mich gerade zum ersten Mal sehen. Fremd.

»Wie steht das Spiel«, frage ich den Fremden.

»Null zu eins«, sagt er, »gegen uns.«

»Ich hab mit Maja telefoniert. Du sollst ihr was zu essen mitbringen, wenn du heute Abend kommst.«

Olli nickt: »Was will sie denn?«

»Lakritze!«

Olli lacht kurz auf. Einen Moment lang verschwindet der Fremde und mein bekannter Olli kommt zurück. Es kommt mir vor, als hätte ich ihn seit Ewigkeiten nicht gesehen. Ich habe ihn so vermisst, dass ich ihm am liebsten um den Hals fallen würde.

»Du warst die ganze Nacht bei ihr«, sagt Olli dann.

»Im Gegensatz zu dir«, fauche ich zurück.

»Es tut mir leid, Nina, du glaubst gar nicht, wie sehr!«

»Großartiger Text! Und so originell!«

»Nina, bitte! Lass das mit dem Anwalt. Ich will nicht, dass wir uns scheiden lassen!«

»Was schlägst du denn vor? So zu tun, als wäre nichts passiert?«

»Es tut mir leid, Nina, ich wollte dich nicht im Stich lassen, ich wusste ja nicht, dass Maja im Krankenhaus ist. Alles, was ich gesehen habe war, wie du mit diesem Micha durch die Hintertür abgehauen bist, und da ist bei mir 'ne Sicherung durchgebrannt.«

»Die Sicherung sollte eigentlich die Tatsache sein, dass wir verheiratet sind. Dass du mich liebst. Hast du das vergessen?«

»Nein. Natürlich nicht.«

»Sag bloß, du hast daran gedacht, als du mit dieser Kuh im Bett warst!«

»Da wollte ich uns vergessen, weil ich sauer war. Aber es hat nicht geklappt. Nina, ich liebe dich.«

»Und wie viele andere Frauen noch?«

»Nina, sag mir, was zwischen dir und Micha ist?«

»Nichts. Er hat mich daran erinnert, dass es eine andere Welt außer Kinder, Küche und Fußballtrainings gibt.«

»Ich bin die andere Welt!«

»Bist du nicht! Du bist der König der Kinder-Küche-Welt. Du terrorisierst mich mit Anrufen, ob ich deinen Smoking oder dein Auto abgeholt habe, ob ich deine Hemden gebügelt oder diätisch gekocht habe. Du erwartest genauso wie die Kinder, dass ich funktioniere.«

»Willst du dich deshalb von mir scheiden lassen? Nina, wir können das hinkriegen. Bitte, gib uns noch eine Chance! Keine Terroranrufe wegen Smokings mehr! Versprochen.«

»Komm mir nicht mit Smokings! Du bist fremdgegangen!«

»Bitte verzeih mir! Es war ein Fehler. Ein riesengroßer Fehler. Nina, ich weiß, dass das nicht leicht für dich ist...«

»Das ist es auch nicht. Was glaubst du, wie ich mich fühle, wenn ich mir vorstelle, wie du es mit einer fremden Frau treibst!«

»Stell es dir nicht vor, es wird nie wieder passieren. Ich will nichts von der Frau.«

»Wie beruhigend! Was machst du dann erst mit 'ner Frau, von der du wirklich was willst?«

»Ich sage ihr, dass ich sie liebe. Dass ich mein Leben mit ihr verbringen will. Nina, ich will mit dir zusammen sein.«

»Du hast 'ne sehr verletzende Art, das zu zeigen!«

»Ich hatte in der letzten Zeit ganz oft das Gefühl, dass mit dir irgendwas nicht stimmt. Du hast dich zurückgezogen, du warst unzufrieden, und ich wusste nicht, womit? Ich dachte, du liebst mich nicht mehr? Wahrscheinlich hab ich dich terrorisiert, weil ich nicht wusste, wie ich dich sonst erreichen sollte?«

»Das ist ja rührend!«
»Nina, ehrlich, ich hatte Angst, dich zu verlieren. An diesen Micha.«
»Und du dachtest, das beste Mittel dagegen ist, mit 'ner andren Frau zu vögeln?«
»Das war Rache. Ja. Blöde, kindische Rache. Nina, ich weiß, dass du das nicht verstehen kannst, weil du ganz anders tickst und so was wahrscheinlich nie tun würdest, aber bitte versuch wenigstens, es zu verstehen!«
Ich sage nichts.
Olli guckt mich unglücklich an. Was kann ich sagen, damit er aufhört, so ein Gesicht zu machen? Dass ich ihn verstehe, dank Thomas? Ich denke nicht, dass Olli aufhören würde, mich unglücklich anzugucken, wenn ich ihm sagen würde, dass ich auch fremdgegangen bin, um mich an ihm zu rächen. Was würde es bringen, außerdem bin ich im Moment die Gute und den Punktvorteil will ich mir nicht verspielen. Also nehme ich einfach nur seine Hand. Sie fühlt sich vertraut an.
Dann geht plötzlich ein Gebrüll durch die Reihen der Eltern. Unsere Mannschaft hat das Ausgleichstor geschossen. Eins zu eins. Gleichstand. Alles ist offen, und wenn wir jetzt keine Fehler mehr machen, haben wir gute Chancen, zu gewinnen.

Sarah, kurz bevor alles zu spät ist

»Und jetzt heben wir einen auf das glückliche Paar«, ruft Paula.
Auf dem Tisch steht eine Flasche Champagner, die in diesem Laden ungefähr so viel kostet wie ein Kleinwagen, und Mister Handtasche ist gerade dabei, sie zu köpfen.
Wir sind auf einer Versaceparty im Pacha. Wenn es nicht entsprechend plakatiert wäre, würde kein Mensch draufkommen, dass es sich um eine Modeparty handelt, weil alles wie immer ist. Im Normalsterblichenbereich tummeln sich die Kinder, im VIP-Bereich treten sich die Älteren auf die Füße, und Tobias meckert, dass es zu voll ist. Wie immer. Einzige Ausnahme: Die unterernährten Mädels, die hier normalerweise strippen, werden heute dafür bezahlt, die Klamotten anzubehalten, weil sie von Versace sind. Ich bin Versace dankbar für das Sponsoring, denn die Auszieherei findet normalerweise auf dem Tresen statt, wobei die Mädels regelmäßig unsere Drinks umkippen, und das bleibt uns heute erspart.
Außerdem gibt es heute Champagner, was wir Paula zu verdanken haben. Da ihre Regel für das zweite Date vorsieht, den Mann den Freundinnen zur Inspektion vorzuführen, dürfen wir auf Mister Handtasches Kosten Schampus kippen.
»Auf euch«, schreien die Mädels und Mister Handtasche.
Tobias und ich stoßen mit den Gratulanten an.
»Und wann soll die Hochzeit sein«, erkundigt sich Mister Handtasche.
»Möglichst noch in diesem Sommer«, sagt Tobias, »was meinst du Sarah?«
Ich nicke.
»Und wo wollt ihr heiraten?«

»Las Vegas«, sagt Paula wie aus der Pistole geschossen, »Sarah will keine Party, und das ist ihre einzige Möglichkeit, dem aus dem Weg zu gehen.«
»Darüber müssen wir noch reden«, sagt Tobias.
»Wir müssen noch über 'ne Menge reden«, sage ich.
»Was denn noch«, will Tobias wissen.
»Ich weiß nicht so recht, ob ich mich zur Ehefrau eigne.«
»Kein Problem«, lacht Tobi, »ich will keine perfekte Ehefrau. Ich will nur dich.«
»Sehr witzig!«
Tobias lacht und zieht mich eng an sich heran.
»Sag, dass du mich auch willst!«
Statt einer Antwort küsse ich ihn. Die Mädels johlen.
»Zu dir oder zu mir«, grinst Lynn, »eine Frage, die ihr euch nicht mehr lange stellen müsst!«
»Zum Glück«, meint Tobias, »ich kann es nicht erwarten, dass wir endlich 'ne gemeinsame Wohnung haben. Ihr kennt ja Sarahs Wohnung. Sie ist wirklich schön, solange man nicht dort übernachten muss!«
»Hey Bürschchen, sei vorsichtig, sonst darfst du nie wieder dort übernachten!«
Tobi lacht.
»Kein Problem. Bis zur Hochzeit halte ich die Strafe aus. Steigert die Spannung auf die Hochzeitsnacht.«
»Ich will aber nicht heiraten!«
Tobias guckte mich so fassungslos an, als hätte ich ihm erzählt, dass gerade hinter ihm ein Raumschiff gelandet ist. Dann zieht er mich auf die Seite, von den anderen weg.
»Was sagst du da, Sarah? Was ist los? Liebst du mich nicht?«
»Doch, natürlich.«
»Was ist dann das Problem?«
»Nichts. Und genau deshalb will ich, dass zwischen uns alles so bleibt, wie es ist.«

»Warum das denn? Ich versteh dich nicht?«
»Warum nicht? Es ist doch gut so, wie es ist?«
»Ja. Sehr gut.«
»Warum sollten wir dann etwas daran ändern?«
»Weil man irgendwann den nächsten Schritt gehen sollte.«
»Aber dann ändert sich alles und wir wissen nicht, ob es dann noch gut ist.«

Tobias seufzt.

»Ok, Sarah, wenn du kalte Füße hast, verstehe ich das, meine Mutter kann ja auch verdammt einschüchternd sein. Wenn dir so viel daran liegt, können wir in Las Vegas heiraten.«

»Was hat das mit deiner Mutter zu tun?«
»Die Party. Du willst keine Party. Das ist o. k. Ich werd's meiner Mutter erklären. Von mir aus musst du auch kein weißes Kleid tragen...«
»Ich hab nichts gegen ein weißes Kleid!«
»Also heiraten wir?«
»Nein.«
»Pass mal auf, Sarah«, sagt Tobias bemüht ruhig, aber in einem Ton, den ich an ihm nicht mag, »wir sind seit drei Jahren zusammen und ich finde, es ist nicht übereilt, wenn wir jetzt mal überlegen, ob wir zusammen bleiben wollen.«
»Ich will mit dir zusammen bleiben!«

Es ist wie verhext. Wir drehen uns im Kreis.

»Warum willst du dann nicht heiraten? Wie stellst du dir denn unsere Zukunft vor? Dass wir immer so weitermachen?«
»Ja genau. Warum nicht?«
»Weil wir dann auf der Stelle treten.«
»Es ist eine gute Stelle, auf der wir treten. Ich will keine andere.«

Er lacht. Immerhin, jetzt hat das Gespräch wieder einen Ton, der mir besser gefällt. Aber dann kommt alles doch ganz anders.

»Aber ich«, sagt Tobias ganz ruhig. »Ich will nicht auf der Stelle treten. Das geht schon deshalb nicht, weil das Leben nicht auf der Stelle tritt. Man muss weitergehen, alles ändert sich, und ich will mit. Ich will wissen, wohin ich gehe, irgendwie eine Zukunft aufbauen. Mit dir. Vielleicht will ich den Job in Mailand annehmen, und dann möchte ich wissen, ob du mitkommst. Und wenn nicht, will ich einen Grund haben, weshalb ich hier bleibe. Und der Grund kann nicht sein, dass ich auf der Stelle trete, verstehst du?«

Ich verstehe, und das Ausmaß dessen, was ich verstehe, treibt mir die Tränen in die Augen.

Tobias legt seinen Arm um mich und zieht meinen Kopf an seine Schulter. Damit hat er die Schleuse aufgedreht und die Tränen fließen in dicken Strömen.

Die ganze Bar glotzt. Es ist unglaublich, wie Leute mit starrem Blick und völlig unbeirrbar glotzen können, wenn jemand heult. Sie unterbrechen ihre Gespräche, die anscheinend nicht interessanter sind als der Anblick einer Frau, der die Wimperntusche in schwarzen Strömen die Backen herunterrinnt, und richten ihre Augen wie übergroße Zielscheinwerfer auf das Opfer ihrer Neugierde. In der Hoffnung, dass was passiert, dass ich mir vor ihren Augen die Klamotten vom Leib reiße und mich heulend auf dem Boden wälze? Ihnen erzähle, dass ich gerade dabei bin, mein Leben in den Sand zu setzen, indem ich den einzigen Heiratsantrag, den ich vermutlich jemals kriegen werde, ablehne? Würden sie sich dann besser fühlen, weil sie die Gewissheit hätten, dass sie nicht die einzigen sind, deren Leben eine Katastrophe ist? Oder sind sie Heulforscher, mit der Aufgabe, herauszufinden, wie viel Tränenflüssigkeit ein Mensch, weiblich, Raucher, hat?

In dem Moment denke ich, dass ich Tobias vielleicht doch heiraten sollte. Einfach aus Trotz. Einfach um den Leuten zu beweisen, dass ich es besser machen kann als sie. Dass ich Träume verwirklichen kann und nicht in Nachtclubs rumstehen und mich daran weiden muss, dass die anderer Leute kaputtgehen, weil das mein einziger Trost darüber ist, dass mein eigenes Leben langweilig und völlig trostlos ist. Aber ich kann es nicht und Tobias weiß das auch.

»Ruf mich an, wenn du deine Meinung änderst«, sagt er, und dann ist er verschwunden.

Einfach so.

Ich will auf keinen Fall wieder losheulen und mich den Forschern zum Fraß vorwerfen, deshalb versucht ich, cool zu bleiben, und zünde mir eine Zigarette an. Die erste von vermutlich einer Milliarde, die ich in den nächsten Monaten rauchen werde. Aber es ist nicht nötig, auf cool zu machen, denn im nächsten Moment stehen die Mädels neben mir und schirmen mich von den Forschern ab.

»Du solltest auf wasserfeste Mascara umsteigen«, sagt Lynn und wischt mir die Tränen aus dem Gesicht.

Als sie fragen, was passiert ist, erzähle ich ihnen das ganze Schlamassel von den Badezimmerschränken, den Autos, die aus der Werkstatt abgeholt werden müssen, und dem Fremdgehen. Seit dem Heiratsantrag ist nichts geblieben, wie es war. Sogar ich bin eine andere geworden. Als wäre ich im falschen Film. In einem falschen Leben. Ich bin einfach losgerannt, in Richtung Hochzeit, ohne zu wissen, ob es mir da, wo ich hinrenne, überhaupt gefällt? Oder so ähnlich.

Obwohl meine Gedanken irgendwo auf dem Weg zwischen Gehirn und Mund deutlich an Zusammenhang verlieren, verstehen die Mädels.

»Wow«, sagt Paula, als ich fertig bin, »was für eine Woche!«

»Noch mal zum Mitschreiben«, sagt Isabel, »du hast Schluss gemacht. Als einzige von uns, die eine vage Chance hatte, im Hafen der Ehe zu landen?«

»Das ist jetzt nicht der Punkt«, zischt Lynn.

»Darf sie wenigsten den Verlobungsring behalten«, erkundigt sich Paula bei den anderen.

Ratlosigkeit.

»O.k, du wirst kein tolles Haus haben«, bohrt Isabel, »keine Kinder, und dir bleibt nicht mal der verdammte Verlobungsring. Wo ist hier der Deal?«

Ich weiß keine Antwort und will schon wieder losheulen, aber Paula legt tröstend den Arm um mich.

»Du hast uns«, sagt sie dann, »wir sind der Deal.«

Die Hyänen lachen, als sei das ein Witz, aber ich fürchte, dass Paula recht hat. Die Mädels sind der Deal, sie sind das einzige, das ich für immer behalten darf, ohne dafür meine Wohnung aufgeben oder Bundfaltenhosen tragen zu müssen.

»Naja, ein Kind kannst du trotzdem haben«, sagt Lynn dann in die allgemeine Stille, »ein Patenkind, wenn du magst? Ich bin nämlich schwanger!«

Die Nachricht schlägt ein wie eine Bombe.

Tobias hat recht, denke ich, als die Hyänen Lynn aufgeregt mit Fragen bestürmen, das Leben tritt nicht auf der Stelle. Es geht immer weiter, und diesmal gefällt mir die Richtung, die es nimmt.